Susanne Keller
wurde 1969 in der Schweiz geboren, lebt in Zürich und liebt Fledermäuse, Katzen und das Meer.

Von Susanne Keller
im Verlag Carl Ueberreuter bereits erschienen:
Per E-Mail in den 7. Himmel

Susanne Keller

Liebe

und andere Missverständnisse

UEBERREUTER

Mein besonderer Dank gilt R.,
der den Songtext »Aline« verfasst hat.

Die Deutsche Bibliothek – CIP-Einheitsaufnahme

Keller, Susanne:
Liebe und andere Missverständnisse / Susanne Keller. – Wien :
Ueberreuter, 2002
(Lovin' U)
ISBN 3-8000-2859-X

J 2644/1

Umschlaggestaltung von Zembsch' Werkstatt, München,
unter Verwendung eines Fotos von The Image Bank, München

Druck: Ueberreuter Print
7 6 5 4 3 2 1

Ueberreuter im Internet: www.ueberreuter.de

1

Alex setzte die Kopfhörer ihres Walkmans auf. Die Batterien reichten nicht mehr für Kassetten und so musste sie wohl oder übel Radio hören. Der Empfang war schlecht. Der einzige Sender, den sie ohne Rauschen empfangen konnte, brachte Oldies. *Hmmmm, und immer, immer wieder geht die Sonne auf,* sang irgend so ein Schnulzentyp.

Es war gewiss nicht die Musik, auf die Alex stand, und dennoch ließ sie sich von der Melodie einlullen, die traurig genug war, um zu ihrer Stimmung zu passen.

... denn Dunkelheit für immer gibt es nicht, die gibt es nicht, diiiiiiie gibt es niiii-iiicht ...

Die Sonne blendete, als der Zug aus dem Tunnel kam. Alex setzte ihre Sonnenbrille auf und nahm ein Buch hervor, doch sie konnte sich nicht darauf konzentrieren. Ihre Gedanken wanderten zurück zu ihrer Freundin Chess, die in eine andere Stadt gezogen war und die sie gerade eine Woche lang besucht hatte. Am liebsten wäre Alex gleich dort geblieben. Die Stadt war umwerfend. Es gab nicht ein Schwimmbad, sondern etwa sieben, und mindestens ebenso viele Jugendklubs. Und das alles so weit entfernt von Alex' Zuhause.

Der Zug fuhr langsam in einen Bahnhof ein. Die

Hälfte der Reise war überstanden. Als die Türen aufgingen, legte Alex schnell ihr Buch auf den Nebensitz. Sie nahm den Rucksack aus dem Gepäckträger und stellte ihn auf den Sitz gegenüber. Es fehlte noch, dass sich jemand zu ihr setzte. Auf dem Hinweg hatte ihr eine alte Frau die ganze Fahrt über den Kopf voll gequasselt. Alex schloss die Augen in der Hoffnung, dass niemand die Taktlosigkeit besaß, sie zu wecken.

Glück gehabt, dachte Alex, als der Zug wieder anfuhr. Niemand hatte sich zu ihr gesetzt. Vorsichtshalber behielt sie die Augen zu.

Der Radiomoderator riss sie aus ihren Gedanken, als er mit aufgesetzter Fröhlichkeit das nächste Lied ansagte. *»Und nun ein weiterer Hit von Udo Jürgens: Griechischer Wein. Für alle neuen Zuhörerinnen und Zuhörer: herzlich willkommen zum Udo-Jürgens-Special. Mit ganz besonderen Grüßen an alle Griechenlandreisenden.«*

Auch das noch! Als ob Udo Jürgens nicht schon schlimm genug war, jetzt auch noch Griechenland. Davon wollte sie nun wirklich nichts mehr wissen. Die ersten Ferienwochen hatte sie mit ihren Eltern in Griechenland verbracht. Der größte Flop, den man sich vorstellen konnte. Eine absolut öde Insel, das Durchschnittsalter der Touristen lag mindestens bei fünfzig und die vermeintliche Ferienliebe stellte sich als Mistkerl heraus. Entnervt nahm Alex die Kopfhörer ab.

»Na, das muss ja tolle Musik sein, die dich so mitnimmt.«

Alex drehte sich zum Abteil nebenan und traute ihren Augen kaum: ein Typ, vielleicht ein, zwei Jahre älter als sie und wunderschön.

»Was hörst du denn?«

Alex konnte unmöglich Udo Jürgens erwähnen, aber etwas anderes kam ihr nicht in den Sinn.

»Ich weiß nicht, keine Ahnung, irgend so eine Oldie-Sendung im Radio. Die Batterien reichen nicht mehr für die Kassetten.«

»Kann ich mal reinhören? Irgendwie steh ich auf Oldies.«

»Äh, nein, tut mir Leid, jetzt sind die Batterien ganz fertig.«

»Kann ich mich wenigstens zu dir setzen? Geht die Zeit schneller rum.«

»Ja, klar.« Alex nahm ihren Rucksack vom Sitz.

Er setzte sich ihr gegenüber und legte einen ganzen Stapel Musikzeitschriften neben sich. Zuoberst lag ein dicker Katalog von Yamaha.

»Bist du Musiker?«, fragte Alex.

»Sieht man mir das an?«, grinste er.

»Ja. Nein. Ich meine, die Zeitschriften. Mein Cousin spielt Bass. Der Yamaha-Katalog ist so was wie seine Bibel.«

»Geht mir ähnlich. Dein Cousin spielt Bass? In welcher Band?«

»Keine Ahnung, wie die heißt. Es gibt sie erst seit kurzer Zeit.«

»Na, dann werdens ja nicht grad die Rolling Stones sein.«

Alex lachte. »Nein, ganz so berühmt sind sie noch nicht. Und du?«

»Gitarre und Gesang. Bei XXL, schon mal was davon gehört?«

»Nein, tut mir Leid, kenn ich nicht.«

»Muss dir nicht Leid tun. Ist nur eine Frage der Zeit. Auch noch nie was von Silvan gehört?«

»Silvan? Sollte man den kennen?«

»Ja, unbedingt. Zumindest, wenn man ihm direkt gegenübersitzt«, lachte er.

Alex stimmte in sein Lachen ein. »Freut mich. Ich heiße Alex.«

Draußen konnten sie bereits die Vorstadt erkennen.

»Sind Konzerte geplant?«

»Klar. Aber vorläufig erst im Übungsraum.«

»Schade. Ich hätte dich gern spielen sehen. Ich meine natürlich spielen hören.«

»Merk dir einfach den Namen XXL, irgendwann steht er auf Plakaten in der ganzen Stadt. Aber das geht wohl erst, wenn die Prüfungen an der Uni vorbei sind.«

»Ihr seid Studenten?«

Silvan schüttelte den Kopf. »Nur die anderen. Ich bin Musiker.«

»Und davon kannst du leben?«

»Nein, nicht da*von*. Da*für*.«

Der Zug verlangsamte sein Tempo, und noch

bevor Alex mehr über ihn erfahren konnte, stand Silvan auf und packte seine Kataloge in den Rucksack.

»Na dann, Alex. Man sieht sich.«

Er boxte sie freundschaftlich an die Schulter.

»Ja, bis dann.«

Wie benommen erhob sich Alex, verstaute das Buch und den Walkman in ihrem Rucksack und nahm ihre Tasche aus dem Gepäcknetz.

Als sie den Zug verließ, war Silvan schon verschwunden.

2

»He, Alexandra! Du wirst doch deinen Vater wieder erkennen nach nur einer Woche.«

Alex drehte sich um. »Oh, hallo, Pa. Entschuldige, ich war gerade ganz in Gedanken versunken.«

»Sah ganz danach aus.« Ihr Vater schloss Alex in die Arme. »Schön, dass du wieder da bist.«

»Du hättest mich doch nicht abholen müssen.«

»Ich weiß. Aber wir fahren jetzt nicht nach Hause, sondern gehen essen. Marlene macht noch Besorgungen, wir treffen sie direkt in der Pizzeria. Wir müssen mit dir reden.«

Endlich, dachte Alex. Seit Wochen waren ihre

Eltern ziemlich komisch drauf, aber Alex hatte nicht rausgekriegt, worum es ging.

»Worum gehts denn?«

»Später«, winkte ihr Vater ab. »Jetzt erzähl doch erst mal, wie es deiner Jessica geht.«

»Chess? Fantastisch. Wohnt in einem Riesenhaus, kennt tolle Leute und hat einen Freund, der aussieht wie Paolo Maldini.«

»Maldini? Seit wann kennst du italienische Fußballspieler?«

»Gehört doch zur Allgemeinbildung.«

»Dann wären deine Noten in Geschichte wohl besser ausgefallen, wenn Alexander der Große etwas hübscher gewesen wäre.«

Alex verdrehte die Augen. »Sie wohnen in einem riesigen Haus. Chess sieht von ihrem Zimmer aus über die halbe Stadt. Und die ist umwerfend. Ich wünschte, wir könnten auch dahin ziehen. Was soll ich noch hier, wo Chess weg ist? Stell dir vor, dein Konzern hat dort eine Niederlassung. Du könntest dich versetzen lassen.«

Ihr Vater warf ihr einen eigenartigen Blick zu.

»Wie geht es ihrer Mutter?«

»Lea? Sehr gut. Sie ist überglücklich mit ihrer neuen Stelle. Und Chess auch, denn Lea macht haufenweise Überstunden.«

»Schön für sie. Nicht die Überstunden natürlich, aber dass ihr die Arbeit so gut gefällt. Ist nicht einfach, wieder in den Beruf einzusteigen, sie ist ja nicht mehr zwanzig. Und was macht der Kleine?«

»Kevin? Hängt mit dem Nachbarsjungen rum. Spielen ununterbrochen Fußball, er will nämlich Profifußballer werden.«

»Das wollte ich auch, als ich in seinem Alter war. Wäre ich doch nur nicht so blöd gewesen, meine Fußballerkarriere zu beenden, nur wegen diesem dämlichen Studium.«

Alex schaute ihn verwundert an, doch noch bevor sie etwas sagen konnte, standen sie vor der Pizzeria.

Der Vater ging Alex voran durchs Lokal in eine riesige Gartenwirtschaft, mit Kies auf dem Boden und Kastanienbäumen.

Ihre Mutter winkte ihnen zu.

»Alex, schön, dass du wieder da bist. Wir haben dich so vermisst.«

Alex schaute ihre Mutter erstaunt an, bevor sie sie umarmte. Die Mutter wollte sie gar nicht mehr loslassen.

»Bist du sicher, dass du mich nicht verwechselst?«

»Natürlich, wie kommst du denn darauf?«

»Weiß nicht, ich dachte bloß.«

Ihre Mutter tat, als wäre Alex ein Jahr lang weg gewesen.

Der Kellner brachte ihnen die Speisekarte.

»Wie wars bei Jessica?«

»Toll. Und wie gehts Oma?«

»Gut, warum fragst du?«

»Warum ich frage? Na, weil ihr sie doch besucht habt. Finde ich übrigens ziemlich daneben, dass ihr ausgerechnet zu ihr gefahren seid, als ich weg war, ich hätte sie auch gerne wieder einmal gesehen.«

»Das wirst du auch, sie kommt nächste Woche ein paar Tage zu uns.«

»Ah ja?«

Alex' Mutter warf einen kurzen Blick zu ihrem Mann, der mit dem Finger gedankenverloren Kreise auf den Tisch zeichnete. Dann schaute sie ernst zu Alex.

»Alexandra, da ist etwas, worüber wir mit dir sprechen müssen.«

Sie stieß ihren Mann mit dem Ellbogen an.

»Also«, begann Alex' Vater zögernd. »Oder willst du?«

»Nein, mach nur.«

»Also«, wiederholte ihr Vater. »Es ist folgendermaßen. Mir wurde eine andere Stelle im Konzern angeboten.«

Misstrauisch sah Alex von ihm zur Mutter.

»Und wo ist der Haken?«

»Der Arbeitsort ist ... weiter weg.«

Das bedeutete entweder, dass ihr Vater von nun an früher zur Arbeit musste und später nach Hause kam. Oder dass er unter der Woche woanders ein Zimmer nehmen müsste. Das war bei Katjas Vater so. Der kam nur an den Wochenenden nach Hause. Und das hatte den Vorteil, dass nicht mehr alles endlos diskutiert, sondern von Katjas Mutter allein entschieden wurde.

»Wie weit weg denn?«

»Sehr weit. Genau gesagt in Chile.«

»Chile?!« Alex schaute ihn entgeistert an.

Die Eltern tauschten einen viel sagenden Blick.

»Und warum hast du zugesagt?«

»Ich habe noch nicht definitiv zugesagt. Deine Mutter und ich sind zum Schluss gekommen, dass wir erst einmal hinfliegen sollten um uns das alles anzusehen.«

»Warst du nicht schon mal auf Geschäftsreise in Chile?«

»Stimmt, und es hat mir auch ganz gut gefallen. Aber es ist natürlich etwas anderes, ob man fünf Tage lang da ist oder bis zur Pensionierung.«

»Du machst Scherze!«

»Leider nein.«

»Warum hast du denn nicht gleich abgesagt?«

»Du weißt doch, der Konzern steckt mitten in Umstrukturierungen seit der Fusion mit dieser amerikanischen Firma. Und die führten dazu, dass ich nun die Leitung im Sitz in Santiago de Chile übernehmen kann. Insgesamt werden hier vierhundert Stellen abgebaut. Und eine davon ist meine.«

»Aber wenn dein dämlicher Konzern dich nicht mehr will, gibt es doch tausend andere Firmen, die Ingenieure brauchen.«

»Nicht gerade tausend. Und bei den anderen sieht es nicht besser aus. Alle verlagern die Produktion ins Ausland, fusionieren oder tun beides. Es steht doch tagtäglich in der Zeitung, wer gerade wie viele Leute entlässt. Und der Stellenmarkt sieht alles andere als rosig aus. Wer nimmt heutzutage schon einen Dreiundfünfzigjährigen. Nein, Alex, ich fürchte, es ist nicht einfach, eine neue Stelle zu finden. Ich war schon bei zwei Büros, die Kaderstellen vermitteln, aber viel Mut haben die mir nicht gemacht.«

Alex' Gedanken drehten sich nur so.

»Wann ist es denn so weit?«

»Wir fliegen übernächste Woche.«

»Wir?«

»Deine Mutter und ich.« Der Vater warf Marlene einen Blick zu und griff nach ihrer Hand.

»Und ich?«, fragte Alex.

»Du musst natürlich wieder zur Schule nach den Ferien. Wir haben lange darüber nachgedacht und finden es das Beste, wenn deine Großmutter eine Zeit lang bei dir wohnt. Nur ein paar Wochen natürlich. Falls ich die Stelle tatsächlich annehme, müssten wir ohnehin nochmals nach Hause fliegen und Marlene bleibt dann auch hier bei dir, zumindest bis du die Schule abgeschlossen hast. Du bist also nur ein paar Wochen allein mit deiner Oma.«

»Und Sascha?«

»Er weiß noch nichts. Aber vorderhand kann er natürlich hier bleiben. Clara ist ja auch seine Großmutter. Und ein Mann im Haus schadet auch nicht. Ich meine, falls er das überhaupt möchte, vielleicht will er auch lieber mit ein paar Studenten von der Uni in eine WG ziehen. Wir sprechen in den nächsten Tagen mit ihm. Wäre es dir denn recht, wenn er bliebe?«

»Ist mir eigentlich egal«, sagte Alex. »Schließlich hat er ja den Übungsraum im Keller und die neue Band und alles.«

Der Kellner stellte eine riesige Pizza vor Alex und ihren Eltern brachte er Spagetti.

»Buon appetito«, wünschte er.

»Danke«, erwiderte die Mutter und zu ihrem Mann und Alex gewandt: »Guten Appetit. Obwohl – ich bin gar nicht mehr so hungrig.«

Alex begann die Pizza zu zerschneiden. Nun – vielleicht war alles auch gar nicht so schlecht. Wäre bestimmt ein Spaß, nur ihre Oma um die Ohren zu haben. Sie verstanden sich blendend. Und Sascha war ja eigentlich auch ganz in Ordnung. Sie sah ihn ohnehin selten, sein Zimmer lag direkt neben dem Übungsraum im Untergeschoss und er hatte unten sogar sein eigenes kleines Badezimmer und einen eigenen Eingang.

Die Eltern stocherten schweigend in ihren Spagetti.

»Dann brauche ich wohl einen Internetanschluss. Ich meine, damit wir einander E-Mails schicken können.«

Ihre Mutter verdrehte die Augen. »Freut mich, dass du auch das Positive siehst.«

»Wieso denn nicht? Chess hat mit ihrem Vater auch immer per E-Mail Kontakt, wenn er im Ausland ist. Und ihr habt bestimmt eine andere Zeit als wir, weshalb wir ja nicht gut telefonieren können. Und dann ist das ja auch so teuer auf diese Distanz.«

»Schon möglich. Aber zuerst haben wir wohl ein paar wichtigere Dinge zu klären.«

Zu Hause ging Alex gleich in ihr Zimmer, doch sie war viel zu aufgeregt um schlafen zu gehen. Sie schaute auf die Uhr. Zu spät um Chess anzurufen. Wenn sie bloß ein Modem hätte, dann könnte sie ihr gleich schreiben. Sie würde also bis morgen warten müssen, um ihr die Neuigkeiten zu erzählen.

Das war ja was! Irgendwie ähnlich wie bei Chess, als Lea im letzten Herbst das Angebot des Ateliers bekam. Am Anfang war es grauenhaft gewesen für Chess, in eine andere Stadt zu ziehen, wo sie niemanden kannte, und das alles bloß wegen ihrer Mutter. Und inzwischen hatte sich alles zum Guten gewendet. Natürlich fehlte sie Alex, aber seit ihrem Besuch war Alex schon viel zuversichtlicher, dass der Kontakt auch auf diese Distanz klappte. Sie wohnten schließlich nur anderthalb Stunden Zugreise voneinander weg. Und wenn die Eltern sich rumkriegen ließen, konnten sie ja alle paar Wochen einmal ein Wochenende zusammen verbringen. Oma würde bestimmt nicht Nein sagen. Überhaupt würde sie so einiges erlauben, sie war irgendwie besser drauf als Alex' Mutter.

3

»Lea? Hi, hier Alex. Ist Chess zu Hause?«

»Hallo, Alex. Guten Morgen, ich meine, falls überhaupt schon Morgen ist, du hast mich gerade geweckt. Chess schläft wohl auch noch. Kann sie dich zurückrufen, wenn sie wach ist?«

»Tut mir Leid, dass ich dich geweckt habe. Aber es wäre mir lieber, wenn du sie gleich rufen könntest, es ist sozusagen ein Notfall.«

»Na gut, ich hol sie«, entgegnete Lea verschlafen.

»Alex? Schlecht geträumt?«

»Nein, das heißt, doch, eigentlich habe ich wirklich nicht sehr gut geschlafen. Sorry, wenn ich dich geweckt habe.«

»Kein Problem, lieber du als der Wecker. Oder als Lea. Wie war deine Heimreise? Wieder so eine interessante Zugbekanntschaft, die dir alles über Zahnprothesen verraten hat?«

»Falsch geraten. Jung. Männlich. Umwerfend. Silvan heißt er.«

»Dich kann man ja keine Minute allein lassen! Erzähl schon.«

»Dunkles, halblanges Haar, atemberaubende Augen. Sänger und Gitarrist.«

»Wow, klingt viel versprechend. Und?«

»Was und?«

»Na – wirst du ihn wieder sehen?«

»Nein, wir haben uns nicht verabredet. Die Zugfahrt war plötzlich viel zu schnell vorbei.«

»Frag doch Sascha, vielleicht kennt er ihn.«

»Glaub ich nicht.«

»Warum denn nicht? So gut aussehende Musiker werden sich doch wohl kennen.«

»Du wirst doch nicht meinem Cousin nachtrauern, bei deinem Lukas?!«

»Nein, natürlich nicht. Reine Gewohnheit. Lukas lässt dich übrigens grüßen und die anderen auch. War echt schade, dass du gestern abfahren musstest. Das fanden alle. Hoffentlich klappts nächstes Wochenende wieder. Konntest du schon mit deinen Eltern sprechen?«

»Mit meinen Eltern? Ach genau, deshalb rufe ich dich ja an. Meine Eltern wandern aus.«

»WAS tun sie?«

»Auswandern. Nach Chile.«

»Du machst Witze!«

»Hab ich auch gedacht, als sies mir erzählt haben. Ist aber ihr Ernst. Mein Vater hat seine Stelle verloren, das heißt, er hat die in Chile angeboten bekommen und entweder nimmt er die oder hat keine mehr.«

»Und deswegen wandert er gleich nach Chile aus?«

»Nicht gleich. Sie fahren erst mal für ein paar Wochen hin und schauen sich alles an. Wenn er es durchzieht, kommen sie zurück und meine Mutter wird hier bleiben, zumindest bis ich mit der Schule fertig bin. Und in der Zwischenzeit kommt Oma hierher.«

»Das ist ja ein Ding. Wie find ich denn das? Und was sagst du dazu?«

»Ehrlich gesagt, ich weiß nicht. Wenn ichs mir recht überlege, spricht einiges dafür. Aber trotzdem, gleich so weit weg? Ich meine, du hasts ja gut mit deinem Vater, der hängt nicht dauernd bei dir rum und du siehst ihn trotzdem oft. Ach, ich weiß doch auch nicht. Jedenfalls will ich nicht nach Chile.«

»Das will ich auch hoffen. Weißt du was, zieh doch zu uns, wir haben jede Menge Platz. Lea hat bestimmt nichts dagegen.«

»Würd ich liebend gern, aber du kennst meine Eltern. Würden die nie zulassen. Wegen der Schule und so und weil sowieso noch nichts entschieden ist. Vielleicht kommen sie ja gleich wieder zurück. Aber die Wochenenden sollten kein Problem sein, du kennst ja Oma.«

»Und ob. Die würde ich glatt gegen Lea tauschen. Das heißt, genau genommen würde ich fast jede gegen Lea tauschen.«

»Komm, so schlimm ist sie nun auch wieder nicht.«

»Sagst du. Aber lassen wir dieses leidige Thema. Wann fliegen deine Eltern los?«

»Übernächste Woche.«

»Das ist ja was. Was meinst du, klappt es trotzdem am nächsten Wochenende? Wir können auch erst am Samstag losfahren, wenn sie dich nicht so lange gehen lassen, der Campingplatz ist ganz in der Nähe.«

»Ich schau mal, was sich machen lässt, aber allzu viel Hoffnung habe ich nicht. Du, ich muss jetzt Schluss machen, Marlene naht.«

»Okay, ich ruf dich heute Abend an. Grüß Sascha von mir.«

»Tu ich, falls ich ihn sehe. Bis dann.«

»Mit wem telefonierst du denn schon um diese Zeit?«

»Chess.«

»Weißt du, wie spät es ist?«

»Klar, aber ich werde meiner besten Freundin wohl noch erzählen dürfen, dass meine Eltern auswandern.«

»Alex, wir wandern nicht aus. Denk um Himmels willen nicht, dass wir dich verlassen. Es sind doch nur ein paar Wochen.«

Alex lachte. »War auch nur Spaß. Ist ja noch nicht für immer. Und mit Oma läuft sicher alles rund.«

»Hoffentlich. Sie ist ja auch nicht mehr die Jüngste.«

»Was soll denn das wieder heißen? Das bist du doch auch nicht.«

»Natürlich nicht. Ich meine nur.«

4

Alex lag in ihrem Liegestuhl im Garten, als sie den kleinen Fiat der Großmutter um die Ecke kurven sah.

»Liebes, wie schön, dich zu sehen!«

Alex umarmte sie. »Hi, Oma. Schön, dass du da bist.«

»Ich hoffe, das sagst du auch noch, wenn ich hier wohne.«

»Aber sicher. Wenn du immer schön tust, was ich dir sage.«

Die Großmutter lachte. »Das müssen wir aber zuerst ausmachen, wer hier wen hütet. Wir können ja bei Gelegenheit eine Münze werfen.«

Fröhlich hängte sie sich bei Alex ein.

»Wo sind deine Eltern?«

»Ma ist einkaufen, Pa in der Arbeit.«

»Fein, dann kannst du mir ja in aller Ruhe von deinem Griechen erzählen.«

»Griechen?«

»Liebes, du hast mir doch eine so spannende Ansichtskarte geschrieben. Wie heißt er denn?«

»Vergiss es. Habe ich auch getan. Und hier gibts auch gute Typen.«

»Ja, natürlich. Und schau mal, da kommt gerade einer. Sascha, wie wärs mit einer netten Begrüßung?«

Sascha winkte von weitem. »Sorry, Oma, muss schnell weg. Bin in einer Stunde wieder da.«

»Der hat es aber eilig. Und jetzt sag mir, wie es dir geht, Alex.«

»Gut, und dir?«

»Möchtest du zuerst die Geschichte von der Ohrenoperation hören oder die vom Rheumatismus? Aber abgesehen davon, dass deine Oma uralt ist, geht es ihr prächtig.«

5

»Alex, Telefon«, rief Marlene, »Jessica.«

Alex raste ans Telefon. »Chess?«

»Hi. Wie läufts?«

»Warte einen Moment.« Sie gab der Tür mit dem Fuß einen Stoß. »So, jetzt können wir in Ruhe sprechen. Ich sage dir, Ruhe ist was, was es in diesem Haus nicht mehr gibt. Das reinste Chaos.«

Chess lachte. »Was ist denn los?«

»Meine Eltern sind die reinsten Nervenbündel, das glaubst du nicht. Die wechseln ihre Stimmung alle paar Minuten. Mal toben sie, mal kriegst du alles, was du willst. Vollkommen hysterisch. Dabei fliegen sie doch erst am Montag. Am liebsten würde ich das Wochenende bei dir verbringen. Aber Marlene würde sich wohl an meine Füße ketten, die kriegt schon Zustände, wenn ich am Nachmittag weggehe. Und wenn ich am Abend mal fünf Minuten zu spät komme, malt sie sich hundert Tode aus, die ich gestorben sein könnte. Echt, die hat vielleicht eine Fantasie!«

Chess konnte sich kaum halten vor Lachen. »Mütter halt. Aber sag mal, gibts was Neues von Silvan?«

»Leider nein. Ich komme ohnehin kaum aus dem Haus. Marlene würde vor Sehnsucht sterben, wenn ich länger als ein paar Minuten weg wäre.«

»Bald hast du ja die Bude für dich allein. Ach, Alex, ich beneide dich schon ein wenig.«

»Beneiden?«

»Ja. Wenn ich mir vorstelle, Lea ginge einen Monat weg und ich hätte hier sturmfrei – ich sage dir, das Paradies.«

»Na ja. Das denke ich manchmal auch. Und dann denke ich wieder, was das soll. Ich meine, das sind doch meine Eltern. Was, wenn mein Vater nicht mehr zurückkommt?«

»Ich dachte, er kommt auf jeden Fall wieder?«

»Schon, aber wenn er die Stelle annimmt, kommt er nur zurück ein paar Dinge zu regeln und fliegt dann wieder. Vielleicht liegen gerade die letzten Tage vor mir, die ich mit den beiden verbringe.«

»Stimmt. Und natürlich wärs etwas anderes, wenn Lea wirklich wegginge. Aber deine Mutter kommt doch auf jeden Fall wieder.«

»Schon. Aber die ohne Pa? Ich kann mir nicht vorstellen, wie sie ohne ihn auskommen soll. Die ist ja schon kaum auszuhalten, wenn er auf Geschäftsreise ist. Aber lassen wir das. Was tust du gerade?«

»Ich telefoniere mit meiner besten Freundin.«

Alex lachte. »Schön, das zu hören. Aber du bist so weit weg. Siehst du, so fängts an. Zuerst du, dann meine Eltern. Bald sitze ich ganz allein in diesem Kaff.«

»Nun übertreib mal nicht. Du hast ja noch Silvan.«

»Noch nicht. Ich weiß ja nicht mal seinen Nachnamen. Aber hör mal, ich muss auflegen, da klopft jemand. Wird Oma sein, die beiden anderen hätten die Tür längst eingetreten.«

Chess lachte. »Na gut. Halt mich auf dem Laufenden.«

6

Tausendmal hatte Alex ihre Eltern schon ans Ende der Welt gewünscht und die restliche Zeit hätte sie zumindest nichts dagegen gehabt. Doch jetzt, zwei Stunden vor ihrem Abflug nach Südamerika, sah die Sache anders aus.

Sascha stieß Alex mit dem Ellbogen an. »Na, Alex, scheint ganz, als würde dir die Atmosphäre auf

Flughäfen nicht zusagen«, grinste er. »Dabei ist ein Flughafen doch das Tor zur großen, weiten Welt.«

Alex verzog den Mund. Das war es ja. Diese Welt, was musste sie auch so groß sein.

Vor fünf Wochen hatte sie bereits hier gesessen, als sie mit ihren Eltern in die Ferien nach Griechenland verreiste und Chess sich am Flughafen von ihr verabschiedet hatte. Und im Gegensatz zu allen anderen Ferienreisenden war Alex völlig niedergeschlagen gewesen, da Chess am nächsten Tag wegzog. Und jetzt ihre Eltern.

Ihre Getränke hatten sie kaum angerührt, da machte bereits das dritte Päckchen Papiertaschentücher die Runde. Alex wischte eine Träne weg.

Ihr Vater legte einen Arm um ihre Schulter und die Mutter schaute sie traurig an.

»Ach, Liebes.«

Alex griff erneut nach einem Taschentuch.

»So, Kinder«, setzte Clara an, doch auch ihre Stimme klang nicht so fest wie gewöhnlich. »Lasst es uns kurz und schmerzlos machen. Ist auch schon fast Zeit.«

Sie griff nach der Rechnung und schritt zur Kasse. Die anderen erhoben sich langsam.

Alex wäre am liebsten mitgeflogen. Oder hätte die Eltern festgehalten, bis ihr Flugzeug weg war. Sie riss sich zusammen, umarmte erst ihren Vater, dann ihre Mutter.

»Alex, Liebes, pass auf dich auf. Es tut uns so Leid, dass wir wegfliegen. Aber es ist ja nur für ein paar Wochen.«

»Schon okay«, antwortete Alex mit tränenerstickter Stimme, obwohl im Moment gar nichts okay war.

Ihre Mutter drückte Alex an sich, der Vater strich beiden über den Rücken.

»So, Marlene, ich glaube, wir müssen.« Und zu Alex gewandt: »Pass gut auf dich auf. Wir melden uns, sobald wir da sind.«

Als beide den Zoll passiert hatten, winkte Alex ihnen nochmals nach. Tränen rannen über ihre Wangen.

Sascha schaute auf die Uhr. »Können wir langsam losfahren? Ich habe noch eine Verabredung.«

»Wir wollen doch noch sehen, wie das Flugzeug abhebt.« Oma schaute zu Alex.

»Von mir aus können wir gerne gehen. Wir können sie ja doch nicht sehen im Flugzeug und überhaupt fliegen sie erst in einer Stunde.«

»Na gut, dann lasst uns fahren.«

Zu Hause schlug Clara vor, eine Partie Scrabble zu spielen, doch Alex wollte allein sein. Sie ging in ihr Zimmer und legte sich aufs Bett. Sie verfluchte den Konzern ihres Vaters, die Fluglinie, die ganze Welt und irgendwann schlief sie ein, obwohl es mitten am Nachmittag war. Sie erwachte erst wieder, als ihre Oma an die Tür klopfte.

»Ja?«

»Entschuldige, Alex. Alles okay?«

Alex stand auf und öffnete die Tür. »Ja, ich denke schon.«

»Wie wärs mit Abendessen?«

»Schon so spät?«

Clara nickte.

Sie gingen zusammen in die Küche. Automatisch griff Alex nach vier Tellern.

Oma lachte. »Das ist reine Gewohnheit. Als dein Opa starb, habe ich eine ganze Weile immer für zwei eingekauft. Aber das vergeht, glaub mir. Und kaum haben wir uns daran gewöhnt, nur für uns zwei zu decken, kommen deine Eltern wieder zurück und wir machen es wieder falsch.«

»Meinst du, sie kommen wieder?«

»Deine Eltern? Natürlich tun sie das.«

»Ich meine für immer.«

»Nein, Liebes. Niemand bleibt nirgendwo für immer. Aber am Ende wirds meistens doch gut. Stell dir nur vor, falls dein Vater in Chile bleibt, hast du die Wahl, dort zur Universität zu gehen oder hier. Das ist doch eine einmalige Chance.«

»Ich will hier nicht weg«, antwortete Alex. Obwohl sie im Moment gar nicht so sicher war, ob das stimmte. Chess war weg, ihre Eltern waren weg.

»Dann bleibst du eben hier. Und wenn du hier bleibst, kannst du deine Eltern besuchen und sie besuchen dich, und ehe du dich versiehst, bist du ganz froh, dass sie so weit weg sind, glaube mir.«

Alex war eigentlich nicht zum Lachen zumute

und trotzdem lachte sie. Der Schlaf hatte ihr gut getan und jetzt wollte sie erst mal eine Weile an gar nichts denken. Sie spürte auch, wie hungrig sie war. Sie hatte schon seit Tagen kaum was gegessen.

Sascha steckte den Kopf zur Tür herein. »Gibt es hier irgendwas zu trinken?«

Die Oma deutete auf die Küche. »Da musst du schon selber nachschauen. Es ist auch noch genug zu essen da, falls du es dir anders überlegt hast.«

»Nein, danke, wir haben unterwegs was gegessen. Aber riecht es hier nach Kuchen?«

»Ja. Schokoladenkuchen. Ist gut gegen Einsamkeit. Magst du ein Stück mitnehmen?«

»Klar. Gerne. Am liebsten drei.«

»Wieso macht ihr später nicht ein Päuschen und trinkt mit uns einen Kaffee?«

»Keine Zeit.«

»Du liebe Güte. Ihr werdet doch Zeit haben für eine Pause.«

»Vielleicht. Ich frag mal die anderen.« Er nahm eine Flasche Mineralwasser aus dem Schrank und ging wieder hinunter in den Übungsraum.

Die Oma schaute zu Alex. »Du hast doch nichts dagegen, wenn sie sich zu uns setzen?«

Alex schüttelte den Kopf. »Ich glaube ohnehin nicht, dass sie Zeit haben. Und überhaupt musst du mich nicht fragen, wenn du wen einlädst. Du wohnst jetzt schließlich auch hier.«

»Das freut mich. Wirklich. Du glaubst gar nicht,

wie gut es mir tut, wieder einmal junge Menschen um mich zu haben. Weißt du, manchmal ist es doch etwas allzu ruhig, so ganz allein zu leben.«

»Hast du dir nie überlegt wieder zu heiraten?«, fragte Alex.

»Um Himmels willen, nein«, lachte Clara. »Wenn ein Mann eine so alte Frau heiraten möchte, dann geht es doch bloß um die Wäsche und den Haushalt. Oder um ein Vermögen, aber das habe ich ja nicht. Nein, da lob ich mir meinen kleinen Einpersonenhaushalt. So, und jetzt mach ich uns Kaffee.«

Alex ging in die Küche um die Tassen zu holen, als Sascha zurückkam. Sie hörte, wie er seiner Oma »Pascal« und »Silvan« vorstellte, und vor Schreck ließ sie beinahe die Tasse fallen. Das konnte doch nicht wahr sein! Sascha hatte doch nie einen Silvan erwähnt! Pascal hatte sie schon mal gesehen, nur den Dritten in der Band nicht. Noch nie mit Sascha jedenfalls. Alex warf schnell einen Blick auf die Chromstahlpfanne, die neben dem Herd stand, und war entsetzt über ihr Aussehen. Und auch wenn jedes Gesicht im Spiegel einer Chromstahlpfanne völlig verzerrt aussah, fand sie ihres geradezu grauenvoll. Mit ihren roten Augen sah sie aus wie direkt aus einem Horrorfilm.

Pascal streckte kurz seinen Kopf in die Küche und winkte ihr zu. »Hi.«

Die Chromstahlpfanne rutschte ihr aus der Hand.

»Hi, Pascal.«

»Alex, kommst du?«, hörte sie Clara rufen.

»Alex?« Sie kannte diese Stimme. Ihr wurde ganz heiß und dann eiskalt. Mit ihren weichen Knien hätte sie es unmöglich bis ins Wohnzimmer geschafft. Sie spürte ihr Herz wie wild klopfen, als Silvan im Türrahmen stand.

»Alex, was für eine Überraschung!«

Alex atmete tief durch. »Hi, alles okay?«

»Na ja, wie mans nimmt. Ist nicht gerade mein Lieblingstag, aber er scheint immerhin besser zu werden.« Er zwinkerte ihr zu.

Alex fühlte, wie sich ihre Wangen röteten. Auch das noch. Immerhin passten ihre Wangen nun zu den Augen. Sie fühlte sich wie eine Verkehrsampel, doch Silvan blieb nicht stehen, sondern trat zu ihr hin und gab ihr die Hand. Alex wurde es ganz heiß. Er drückte ihre Hand einen ganzen Moment lang und lächelte sie dabei an. Alex' Hände zitterten leicht, als sie die Tassen aufeinander stellte.

Clara erzählte Pascal und Sascha gerade von den heilenden Kräften eines Schokoladenkuchens und schenkte Kaffee ein.

Silvan setzte sich neben Alex. Zu gern hätte sie mit ihm gesprochen, aber ihr kam beim besten Willen nichts in den Sinn, was sie hätte sagen können. Silvan schwieg ebenfalls. Dafür sprach Pascal mindestens für drei.

»So, jetzt müssen wir aber langsam«, unterbrach ihn Sascha nach einer Weile.

»Nur keine Hektik. So rund läufts heute nun auch

wieder nicht. Solange Silvan diese Aline nicht auf die Reihe kriegt, kommt man mit ihm ja nicht vorwärts.«

Silvan warf ihm einen ärgerlichen Blick zu, doch Sascha lachte bloß.

Aline. Aus der Traum. Alex hatte es geahnt. Warum sollte ausgerechnet so ein Typ keine Freundin haben. Dieser Tag war tatsächlich ekelhaft. Nur – er wurde überhaupt nicht besser.

Pascal reichte Clara die Hand. »Vielen Dank noch mal. Wir kommen übrigens gerne wieder herauf, wenn es so leckeren Kuchen gibt.«

Clara tat empört. »Aber, aber, junger Mann. Ihr denkt doch nicht, wir würden euch nun immer einladen? Das nächste Mal seid natürlich ihr dran.«

Pascal lachte. »Auch in Ordnung. Wir lassen uns was einfallen.«

Stunden später wälzte sich Alex im Bett. Was ging diese Aline sie an? Und Silvan? Sie kannte ihn ja kaum. Trotzdem tat es weh. Alex dachte an ihre Eltern. Sie kamen ihr sehr weit weg vor. Das waren sie auch, aber im Moment hatte Alex nicht mal den Nerv, sie richtig zu vermissen.

Sie drehte am Radio rum und suchte nach Oldies. Am liebsten hätte sie ein wenig Udo Jürgens gehört. Alex war nicht abergläubisch und dennoch war sie sicher, dass, wenn jetzt Udo Jürgens im Radio singen würde, Silvan wieder auftauchen würde. Ein Silvan ohne Aline. Es kam kein Udo und es kam kein Silvan.

7

Am nächsten Morgen erwachte Alex, weil die Sonne sie blendete. Sie warf einen Blick auf den Wecker, der halb elf anzeigte. So lange hatte sie schon lange nicht mehr geschlafen. War auch selten möglich, ihre Mutter wollte meistens schon früher was von ihr. Ihre Eltern mussten inzwischen schon in Chile angekommen sein. Alex stieg aus dem Bett und ging ins Badezimmer. Aus der Küche strömte Kaffeeduft.

Clara wusch das Geschirr ab.

»Morgen, Oma.«

Clara drehte sich um. »Eher Mittag, Liebes. Gut geschlafen?«

Alex nickte grinsend. »Und wie. Hat also doch auch seine Vorteile, wenn sie weg sind. Du kannst dir gar nicht vorstellen, wie früh sie immer aufstehen, auch in den Ferien. Und mir gönnen sie dann auch keinen Schlaf. Ist nicht grad die Lieblingsbeschäftigung meiner Eltern, das Schlafen. Ist schon ein Fax gekommen?«

»Fax? Meinst du dieses Gerät im Eingang? Ich weiß nicht. Ich habe jedenfalls nichts angerührt.«

Alex schaute nach und kam mit einem zweiseitigen Fax zurück. Die eine Seite reichte sie Clara. »Für dich.«

Sie schenkte sich ein Glas Milch ein und setzte sich.

Liebe Alexandra!
Wie geht es dir? Wir sind gerade angekommen. Die Reise war sehr lang und wir haben kein Auge zugetan. Sag, Liebes, bist du in Ordnung? Es tut uns Leid, dass wir dich allein gelassen haben. Aber wir kommen ja bald wieder. Versprochen. Dein Vater schaut sich heute das Büro an und am Abend sind wir zum Essen eingeladen.
Wir rufen dich an.
Liebe Grüße,
deine Eltern

Alex reichte das Fax Clara.

»Tauschen wir?«

»Warte, ich bin nicht ganz so schnell. Bis jetzt weiß ich erst, dass sie gut gereist und gut angekommen sind.«

»Gut gereist? *Kein Auge zugetan,* schreiben sie mir.«

»Mir nicht. Hier steht *wir sind sehr gut gereist.*«

»Ich sagte ja, dass sie nicht gerne schlafen.«

Clara lachte und las weiter. Schließlich reichte sie das Blatt Alex. Es stand wirklich nicht viel drauf.

»Sollen wir etwas zusammen unternehmen, Alex?«

Alex schüttelte den Kopf. »Nein, ich bin mit Katja zum Schwimmen verabredet, tut mir Leid.«

»Wer ist Katja?«

»Eine Freundin.«

»Triffst du dich nicht mehr mit Jessica?«

»Natürlich. Aber Chess ist doch weggezogen.«

»Ach ja. Das habe ich schon wieder vergessen. Sag, bist du zum Abendessen wieder hier?«

Alex überlegte einen Moment. Das klang reizvoll. Das klang, als hätte sie die Wahl zwischen zu Hause essen und wegbleiben. Aber Katja würde auch nach Hause gehen.

»Ja, gegen sieben, ist das okay?«

»Natürlich«, nickte Clara. »Weißt du was, dann mache ich einen kleinen Ausflug mit Amalie, das habe ich ihr schon lange einmal versprochen. Sie ist doch nicht mehr so gut zu Fuß. Kann ich dich irgendwo absetzen?«

»Nein, danke. Ich nehme das Fahrrad.«

8

»Siehst du den Blonden da hinten?«

Alex nahm ihre Sonnenbrille ab und schaute in die Richtung, in die Katja deutete.

»Welcher, der dicke?«

»Nein, natürlich nicht. Links, nein, schau weg, schnell.«

Alex setzte die Sonnenbrille wieder auf und tat, als schaute sie in eine andere Richtung.

»Der mit der roten Badehose.«

»Was ist mit dem?«

»Wie findest du ihn?«

»Na ja. Blond.«

Katja boxte sie in den Oberarm. »Komm, sag schon.«

»Was soll ich sagen? Dass es der schönste Typ ist, den ich je gesehen habe?«

»So heftig nun auch wieder nicht. Vielleicht dass es der schönste Typ ist, den du je gesehen hast, aber dass es nicht dein Typ ist.«

Alex lachte. »Das kann ich mit gutem Gewissen. Ist nicht mein Typ.«

Katja verdrehte die Augen. »Findest du ihn schlimm?«

»Schlimm? Nein, nicht schlimm. Aber siehst du die Haare auf seinem Rücken?«

»Immerhin sind sie blond.«

»Okay. Er ist überhaupt nicht schlimm. Wer ist es denn?«

»Woher soll ich das wissen?«

»Wie kommst du denn auf ihn?«

»Wie ich auf ihn komme? Siehst du was Besseres?«

»Das spricht ja noch nicht unbedingt für ihn.« Alex schaute sich genauer um. War tatsächlich nichts

Besseres dabei. Sie fragte sich, wo Silvan wohl baden ging. Hier hatte sie ihn jedenfalls noch nie gesehen. Dabei war es das schönste Bad. Von den zwei Bädern. Sie dachte an Chess. An das Schwimmbad, in das sie immer ging. Wie gerne wäre sie jetzt mit Chess zum Baden. Nichts gegen Katja, aber mit ihr konnte sie nicht so sprechen wie mit Chess. Andererseits ging sie lieber mit Katja schwimmen, als dass sie alleine zu Hause saß. Obwohl – vielleicht probte Silvan ja gerade mit Sascha.

»Sollen wir zu mir gehen? Mir ist es zu heiß.«

Katja schaute sie enttäuscht an. »Warum denn, wir sind doch erst gekommen. Und ich würde ihn wirklich gerne kennen lernen.«

»Wen?«

»Na, den Blonden.«

Ach ja, der Blonde.

»Und wie willst du das anstellen?«

»Was weiß ich. Ich warte, bis er kommt.«

»Dann sind wir ja heute Nacht noch hier.«

»Wie meinst du denn das?«

Katja schien eingeschnappt.

»Tut mir Leid. Ist wohl nicht mein Tag heute.«

Sie war ja froh, dass wenigstens Katja noch da war. Kaum hatte sie das gedacht, tat es ihr Leid. *Wenigstens Katja.* Eigentlich war sie ja in Ordnung. Und Katja konnte nun wirklich nichts dafür, dass Chess weggezogen war und dass sie nicht Chess war. Aber Alex hatte echt keine Lust, den ganzen Nachmittag im Schwimmbad zu liegen.

»Ich geh mal kurz zum Kiosk. Willst du was?«

Katja schüttelte den Kopf.

Alex stand auf, streifte sich ein T-Shirt über und nahm den Geldbeutel aus der Tasche.

Der Kiosk war ein niedriges Häuschen mit Flachdach, davor wartete bereits eine lange Schlange. Auf dem Dach standen Bauarbeiter mit irgendwelchen Maschinen, die einen Riesenlärm machten. Auch das noch. Alex verschränkte die Arme vor der Brust und stellte sich widerwillig an.

»Cousinchen!«

Alex drehte sich überrascht um. Sie kannte Saschas Stimme, konnte ihn aber nirgends sehen. »Hier oben!«

Erst auf den zweiten Blick erkannte sie ihn.

»Was in aller Welt tust denn du da?«

»Das frage ich mich ehrlich gesagt auch. Ich sage dir, diese Bauerei ist nichts für mich. Aber andere Ferienjobs gibt es ja kaum noch.«

Der andere Arbeiter warf ihm einen vorwurfsvollen Blick zu, der auch Sascha nicht entging. »Ich muss wohl wieder«, rief er Alex zu.

»Bis heute Abend dann.«

Sascha winkte und machte sich wieder an die Arbeit.

Als sie zu ihrem Badetuch zurückging, saß der Blonde neben Katja. Dann würde sie eben nur schnell die Tasche nehmen und nach Hause gehen.

»Das ist Gregor«, sagte Katja zu Alex und zu Gregor: »Alex, meine Freundin.«

Gregor reichte ihr die Hand. »Freut mich, Alex.«

»Ja. Ich geh dann mal.«

»Bleib doch noch ein wenig«, bat Katja.

»Ja, bleib doch noch«, nickte Gregor lächelnd.

»Na schön, einen Moment.«

»Kommt ihr schwimmen?«, fragte Gregor.

Katja stand schwungvoll auf.

Alex schüttelte den Kopf. »Nein, geht nur. Ich lese ein wenig.«

»Was liest du denn?«, fragte Gregor.

Katja warf ihm einen ungeduldigen Blick zu. »Kommst du nun?«

Gregor folgte Katja zum Schwimmbecken.

Alex drehte sich zur Seite und nahm ihr Buch hervor. Nach einer Weile ließ sie ihren Blick über die Liegewiese schweifen, drehte sich dann auf den Rücken und schloss die Augen.

Sie dachte an Silvan. Sie hätte sich noch immer die Haare raufen können, dass sie gestern so stumm am Tisch gesessen hatte. Er musste sie für eine komplette Langweilerin halten. Sie fragte sich, was er wohl gerade tat, wischte den Gedanken an Aline aber gleich beiseite. Als sie einige Wasserspritzer abbekam, schreckte sie hoch.

Katja ließ sich lachend ins Gras fallen und Gregor setzte sich zwischen die beiden. »Wir dachten, du könntest auch eine Abkühlung brauchen.«

Alex verdrehte die Augen. »Ja, ihr habt ja Recht. Ich gehe doch noch ein paar Längen schwimmen.«

Erstaunt blickten die beiden ihr nach.

Alex liebte das Schwimmen. Es waren nur zwei von diesen quasselnden alten Frauen da und das halbe Becken war somit noch frei. Die meisten jungen Leute hielten sich auf der anderen Seite beim Sprungturm auf. Alex schwamm auf dem Rücken und betrachtete den Himmel. Nach ein paar Längen stieg sie aus dem Wasser, duschte kurz und ging zu ihrem Badetuch zurück. Katja lag allein da und las.

Als Alex sich setzte, warf Katja ihr einen eigenartigen Blick zu.

»Wo ist Gregor?«

»Was weiß ich.«

»Ärger?«

»Nein!«

Alex fragte nicht nach. Eigentlich war es ihr egal, weshalb und auf wen Katja sauer war. Sie wollte auch nichts von Gregor wissen. Sie griff nach ihrem Buch und schweigend lasen sie nebeneinander.

»Alex?«

»Ja?«

»Ich dachte, er gefällt dir nicht?«

»Wer?«

»Tu doch nicht so. Gregor.«

Alex hob die Brauen. »Wieso?«

»Weil du ihn so angemacht hast.«

»Angemacht?«

»Ja, vorhin.«

»Hab ich doch gar nicht.«

»Und warum wollte er dann deine Telefonnummer?«

»Meine Telefonnummer?«

»Ganz genau.«

Alex zuckte die Schulter. »Keine Ahnung. Ehrlich, er gefällt mir nicht und ich habe ihn nicht angemacht. Und meine Telefonnumer werde ich ihm auch nicht geben.«

»Musst du auch nicht, ich hab sie ihm gegeben.«

»Sag mal, spinnst du? Weshalb gibst du ihm meine Telefonnummer?«

»Weil er sie wollte.«

»Na, das ist vielleicht ein guter Grund. Hör mal, er gefällt mir nicht und ich will nicht mit ihm telefonieren.«

Katja schaute sie ärgerlich an.

Alex packte ihr Buch wieder in die Tasche. »Ich glaube, ich gehe besser mal. Bleibst du noch?«

Katja nickte.

»Na dann tschau.«

Alex spürte Katjas vorwurfsvollen Blick im Rücken, als sie wegging.

9

Zu Hause fand sie Pascal im Garten vor.

»Hi, Alex, hast du eine Ahnung, wo Sascha steckt?«

»Im Schwimmbad.«

»Im Schwimmbad?«

»Er arbeitet da.«

»Macht er Akkordkopfspringen oder was?«

»Er repariert was.«

»Du klingst ja gerade auch nicht wie die Fröhlichkeit in Person.«

»Bin ich auch nicht. Sonst noch was?«

Pascal schüttelte den Kopf. »Oder doch: Was dagegen, wenn ich hier auf ihn warte?«

»Wenn du keine Unterhaltung brauchst, ists mir egal.«

Pascal folgte ihr ins Haus.

Alex warf ihre Sachen auf die Treppe. Das Telefon klingelte.

»Geh du ran. Und wenn ein Gregor dran ist, sag, ich sei ausgewandert.«

Pascal warf ihr einen fragenden Blick zu und ging ans Telefon.

»Hallo? Alex? Ich weiß nicht, ich schau mal nach.« Er hielt die Hand vor die Muschel und flüsterte: »Chess.«

Alex nahm ihm den Hörer aus der Hand.

»Chess, hi.«

»Wer war denn das? Doch nicht etwa Silvan?«

»Pssst!«

»Sag schon, wer war das?«

»Pascal.«

»Kenne ich ihn?«

»Nein. Er ist in Saschas neuer Band.«

»Und wieso geht er an dein Telefon?«

»Wegen Gregor.«

»Was denn für ein Gregor?«

»Ach, so ein Blonder vom Schwimmbad. Katja hat ihm meine Nummer gegeben, als ich schwimmen war.«

»Erzähl schon.«

»Da gibts nichts zu erzählen. Sie steht auf ihn. Nicht mein Typ.«

»Die Ärmste.«

»Warum denn das?«

»Na hör mal. Sie steht auf ihn und er will deine Nummer. Ist ja nicht gerade lustig.«

»Kann ich doch nichts dafür.«

»Alex. Alles in Ordnung?«

»Warum denn?«

»Du klingst so gereizt.«

Alex setzte sich auf den Boden.

»Stimmt. Wollte ich nicht.«

»Schon okay. Geht vorbei. Neues von Silvan?«

Alex stöhnte. »Fang mir nicht damit an.« Sie warf einen Blick auf Pascal, der sich in der Küche ein Glas mit Wasser füllte. »Nicht jetzt«, fügte sie leise hinzu.

»Ah, klar, da ist ja noch einer aus der Band. Also, dann was anderes. Was tust du gerade?«

»Ich telefoniere mit meiner besten Freundin.«

»Sehr schön. Und die möchte wissen, ob es am nächsten Wochenende klappt.«

»Klar. Hab zwar noch nicht mit Clara gesprochen, aber das sollte gehen.«

»Hast du schon von deinen Eltern gehört?«

»Ja, heute ist ein Fax gekommen. Scheint ihnen gut zu gehen. Viel haben sie nicht geschrieben. Sind ja auch erst angekommen.«

»Vermisst du sie sehr?«

»Anfangs ja. Aber jetzt – kann ich irgendwie gar nicht sagen. Ich denke schon, aber ich fühle es nicht mehr so.«

»Besser so als umgekehrt.«

Sie telefonierten noch eine Weile und dann holte sich Alex ein Glas kalten Tee und ging in den Garten. Erst als sie Pascal sah, erinnerte sie sich daran, dass er da war.

»Probt ihr heute?«

»Ja, aber erst am Abend. Ich dachte bloß, dass Sascha hier rumhängt, und das kann man doch auch gut zu zweit tun.«

»Und Silvan?«

»Der kommt am Abend zur Probe. Warum?«

»Nur so.«

»Was repariert Sascha denn im Schwimmbad?«

»Keine Ahnung. Irgendwas am Kioskdach. Kennt ihr euch eigentlich schon lange?«

»Indirekt. Von der Uni. War ein Riesenzufall, echt. Unser Gitarrist ging nach Amerika ins Austauschjahr, da hab ich einen Zettel ans Anschlagbrett gehängt. Und wer meldet sich? Ausgerechnet er.«

»Was meinst du mit ausgerechnet er?«

»Ähm, nichts. Ich meine nur. Ist ein Spitzengitarrist. Vom Sehen her kenne ich ihn schon länger. Ich hätte nie gedacht, dass er Musiker ist.«

»Sah wohl eher nach Student aus.«

»Nein, ich meine – ach was, ja, vielleicht. Ich hätte ihn eher für einen Sportler gehalten, so wie er aussieht.«

Als das Telefon klingelte, sah Pascal Alex fragend an.

Sie überlegte kurz und nickte dann. Sie gingen zusammen ins Wohnzimmer und Pascal ging ran.

»Hallo? Sascha? Hi. Nein, nein. Ich habe bloß vorbeigeschaut, ob du da bist. Und da hat mich Alex gleich zur Sekretärin gemacht. Um all diese Typen abzuwimmeln.« Er lachte. »Nein, keine Bange. Ich hätte übrigens zu gern gesehen, wie du dich in der Baubranche machst. Ich wette, der Kiosk macht heute einen Rekordumsatz.«

Alex ging in die Küche. Konnte sein, der Rekordumsatz, bei dieser Hitze. Sie schenkte sich noch ein Glas Tee ein und hob den Krug fragend zu Pascal, der aber nicht darauf reagierte. Sie hörte ihn kichern und eine Weile später den Hörer auflegen.

Als sie ins Wohnzimmer zurückkam, schaute Pascal aufs Telefon.

»Gefällt mir, der Job.«

»In Ordnung. Du bist engagiert. Dann kannst du bitte gleich noch ein Schreiben aufsetzen an meine Eltern. Und für später kommt mir bestimmt noch was in den Sinn. Putzen Sekretärinnen auch?«

»Eher nicht. Und den Brief an deine Eltern kann

ich auch nicht schreiben. Die würden glatt denken, du seist entführt worden, wenn sie eine fremde Schrift sehen mit deinem Namen drunter.«

»Stimmt. Das wollen wir ja nicht. Was wollte Sascha?«

»Dir sagen, dass du mir sagst, ich solle warten, falls ich vor ihm hier sei, er sei in einer halben Stunde da.«

»Okay. Dann hör mal: Sascha ist in einer halben Stunde da.«

Beide lachten.

Wieder klingelte das Telefon.

»Ich?«

»Natürlich. Und wie gesagt: Wenn es ein Gregor ist, bin ich krank.«

»Nicht ausgewandert?«

»Beides, von mir aus. Ausgewandert und krank.«

Pascal ging ans Telefon.

»Hallo? Wer? Georg? Ah, Gregor, hallo, Gregor. Alex? Nein, tut mir Leid, die ist nicht da. Klar kann ich ihr etwas ausrichten, aber ich weiß nicht, wann sie zurückkommt. Nein, ich bin nicht ihr Bruder. Ob ich sie heute noch sehe? Natürlich sehe ich sie noch. Warum ich alles wiederhole? Ja, hör mal, ich mache gerade eine Sekretärinnenausbildung. Da lernt man so was. Alles wiederholen, damit der andere einen korrigieren kann, wenn man etwas falsch verstanden hat. Wenn du eine Kundenausbildung absolviert hättest, wüsstest du, dass du mich ungeniert korrigieren könntest, wenn ich etwas falsch wiederholen würde. Wie bitte? In Eile? Na gut. Was soll ich ihr nun ausrichten? Nichts? Auch gut. Dann noch einen schönen Abend, Georg.«

Er hängte den Hörer ein.

Alex kugelte sich beinahe vor Lachen.

»Wenn du so weitermachst, wirst du der Mitarbeiter des Monats, dann hängen wir dein Bild ins Wohnzimmer.«

»Ich fühle mich geschmeichelt. Wer ist denn dieser Georg?«

»Gregor. Irgendeiner aus dem Schwimmbad.«

»Ein Verehrer also?«

Bevor Alex antworten konnte, klingelte es an der Tür.

»Soll ich hingehen?«

»Nein, die Rezeption musst du nicht auch gleich betreuen. Das Telefon genügt für den Anfang.«

Alex ging an die Tür. Draußen stand Silvan.

Er lächelte sie an. Wie er dastand, wirkte er beinahe schüchtern.

»Hi, Silvan. Sascha ist noch nicht da, aber komm doch rein.«

»Wir sind auch erst um sieben verabredet. Ich war nur grad in der Nähe und dachte, ich schau schon mal vorbei.«

»Was für ein Zufall«, rief Pascal aus dem Wohnzimmer.

»Was tust du denn hier?«

»Sekretärin spielen. Macht Spaß, all diese Verehrer von Alex abzuwimmeln.«

Alex unterbrach ihn. »Wollt ihr was trinken?«

»Ja, ein Kaffee wäre nicht schlecht«, antwortete Silvan.

Alex schaute auffordernd zu Pascal. »Hast du gehört? Ich nehme noch einen Tee, bitte.«

»Wieso ich?«

»Du bist doch die Sekretärin.«

»Na gut, ich gebe mich geschlagen.«

Erneut klingelte das Telefon.

»Was soll ich nun, telefonieren oder Getränke bringen?«

»Die Reihenfolge darfst du selbst wählen.«

»Dann die Getränke. Georg war ja schon dran.«

»Hallo? Oh, hi, Ma. Wie gehts?«

»Gut, Liebes, und dir?«

»Sehr gut.«

»Schön. Ist bei euch alles in Ordnung?«

»Sicher. Hallo? Hallo?«

Die Leitung war unterbrochen. Gleich darauf klingelte es wieder.

»Muss wohl ein Problem in der Leitung sein. Wo waren wir gleich?«

»Wies uns geht. Alles okay. Wie spät ist es bei euch?«

»Dreizehn Uhr. Jetzt gehen wir dann gleich essen. Ihr seid wohl auch am Essen?«

»Nein, Clara ist noch nicht da.«

»Wo ist sie denn?«

»Mit einer Freundin unterwegs. Ein Ausflug.«

»Wann kommt sie denn wieder?«

»Weiß nicht. Bald, nehme ich an.«

»Na gut. Du, ich muss jetzt Schluss machen. Ich ruf dann morgen wieder an. Warte, ich gebe dir unsere Nummer.«

Alex notierte sie. »Okay. Bis dann. Grüß Pa von mir.«

»Werde ich tun, Liebes. Schönen Nachmittag noch. Und grüß Clara schön.«

Alex legte den Hörer auf.

Pascal kam gerade aus der Küche.

»So, hier die Getränke. Dies hier ist der Kaffeeersatz.« Er deutete auf ein zweites Glas Tee. »Kaffee war mir zu umständlich.«

Das Telefon klingelte schon wieder und Pascal verdrehte die Augen.

»Ist ja der reinste Stressjob«, klagte er, bevor er zum Hörer griff.

»Hallo? Nein, einen Moment, ich gebe Ihnen Alex.« Er machte ein besorgtes Gesicht, als er Alex den Hörer reichte. Sie schaute ihn fragend an.

»Krankenhaus«, antwortete er leise, die Hand auf der Muschel.

»Hallo?«

»Spreche ich mit Alexandra?«

»Ja.«

»Erschrecken Sie bitte nicht. Hier spricht Schwester Gertrud vom städtischen Krankenhaus. Ihre Großmutter ist hier bei uns.«

Alex schauderte.

»Sie hatte einen kleinen Autounfall. Es geht ihr den Umständen entsprechend gut. Im Moment schläft sie ein wenig. Sie hat mich gebeten Ihnen auszurichten, dass es ihr gut geht und Sie sich keine Sorgen machen müssen. Und im Kühlschrank stehe Suppe für heute Abend.«

»Kann ich sie besuchen?«

»Natürlich können Sie das. Von sieben bis acht am Abend ist Besuchszeit, morgens von zehn bis zwölf.«

»In Ordnung. Dann komme ich heute Abend.«

»Ja, tun Sie das, aber erst um sieben. Und machen Sie sich keine Sorgen.«

Alex atmete tief durch. »Was ist denn überhaupt geschehen?«

»Wie gesagt, ein kleiner Autounfall. Wir müssen sie wohl eine Weile hier behalten.«

»Ist jemand in sie hineingefahren?«

»Nein, nicht direkt. Aber das wird sie Ihnen selbst erzählen.«

»In Ordnung. Und danke für den Anruf.«

»Nichts zu danken. Sie liegt auf Zimmer 208 in der zweiten Etage. Bis später, Alexandra.«

Alex setzte sich und Silvan und Pascal schauten sie fragend an.

»Was ist los?«

»Clara hatte einen Autounfall.«

»Wie das denn?«

»Keine Ahnung. Um sieben ist Besuchszeit. Ich geh dann hin.«

»Sollen wir dich begleiten?«

»Nein, danke, nicht nötig. Mein Gott, Oma und ein Unfall.«

Als Sascha nach Hause kam, schaute er die drei erstaunt an.

»Hoppla, bin ich zu spät?«

Pascal winkte ab. »Bad news.«

Sascha schaute Alex an. »Von deinen Eltern?«

Alex schüttelte den Kopf. »Clara ist im Krankenhaus. Autounfall. Mehr weiß ich aber nicht.«

»Herrje. Wie geht es ihr?«

»Scheinbar nicht allzu schlecht. Um sieben gehe ich sie besuchen.«

»Soll ich mitgehen?«

»Du hast doch Probe.«

Pascal und Silvan protestierten im selben Moment und auch Sascha schüttelte den Kopf.

»Kein Problem«, sagte Pascal. »Geht ihr zwei mal eure Clara besuchen und grüßt sie schön von uns. Silvan kann in der Zwischenzeit ein wenig an den Songtexten rumbasteln und ich bereite uns ein leckeres Abendessen vor.«

»Du kannst kochen?«, fragte Alex erstaunt.

»Natürlich. Aber ich dachte eigentlich eher an den Pizzalieferdienst, der kann das noch besser.«

10

Als sie das Krankenhaus betraten, kam ihnen ein unangenehmer Geruch entgegen, wie es ihn nur in Krankenhäusern und bei Zahnärzten gab. Sie nahmen den Lift in den zweiten Stock und blieben vor Zimmer 208 stehen.

»Geh du voran«, sagte Sascha.

Alex öffnete die Tür. Die Luft im Zimmer roch ein wenig abgestanden. Zwischen den Betten waren Vorhänge aufgezogen und so sahen sie zuerst nur links und rechts je eine Frau. Alex nickte ihnen grüßend zu und ging weiter. Die zweiten zwei Betten waren ebenfalls belegt und im Bett am Fenster erkannte Alex ihre Oma, wenn auch erst auf den zweiten Blick. Ihr Kopf steckte in einem riesigen Verband, ebenso ihre Arme. Sie wirkte viel kleiner, als sie in Wirklichkeit war, und ihr Gesicht sah viel älter aus.

»Oma!«

»Oh, Alex. Wie schön, dass du vorbeikommst. Und du, Sascha. Nehmt doch die Stühle von da drüben und setzt euch ein wenig zu mir.«

»Mein Gott, Oma, was ist passiert?«

»Ein kleiner Unfall. Mach dir keine Sorgen, Alex, sieht schlimmer aus, als es ist. Es geht mir prächtig.«

»Ehrlich gesagt, siehst du nicht gerade so aus«, wandte Sascha ein.

»Sei doch nicht so direkt, mein Lieber. Wirklich, ich bin ziemlich in Ordnung. Die kriegen das alles wieder hin, dafür gibts doch diese Krankenhäuser.«

Alex fühlte, wie ihr Tränen in die Augen stiegen.

»Liebes, bitte, nicht weinen. Wird alles wieder gut, glaub mir.«

»Was ist denn passiert?«, fragte Sascha.

»Oh, das ist eine lange Geschichte.«

»Macht nichts, wir haben eine Stunde Zeit.«

Clara lachte und sah gleich viel besser aus.

»Ehrlich gesagt ist es mir etwas peinlich. Na, aber euch kann ich es wohl erzählen, wenn es unter uns bleibt. Ich bin in ein Polizeiauto gefahren.«

Sascha prustete los. »Wie das denn?«

»Das kann ich mir auch nicht erklären. Vermutlich sind sie zu schnell gefahren, ich habe sie jedenfalls nicht kommen sehen. Sie hatten gar kein Blaulicht an und nichts. Kamen um die Ecke gebraust, mitten vor meinen Wagen. Und so schnell konnte ich nicht bremsen.«

»Wie geht es den Polizisten?«, fragte Sascha, noch immer lachend.

»Die sind in Ordnung.«

»Und deine Freundin?«, kam Alex in den Sinn.

»Die habe ich vorher schon abgesetzt. Wie ihr seht, bin ich also die Einzige, die Bettruhe braucht deswegen.«

»Können wir irgendetwas für dich tun?«, fragte Alex.

»Nein, hier werde ich bestens versorgt. Aber –

doch, etwas könntet ihr vielleicht. Ich habe mir überlegt, was deine Eltern wohl sagen, wenn sie hören, dass ich hier bin. Es wäre doch zu dumm, wenn sie sich deswegen Sorgen machen oder gar zurückfliegen würden, weil ich nicht mehr nach euch schauen kann. Glaubt ihr, wir können das für uns behalten?«

Sascha nickte. »Natürlich. Bleibt unter uns.«

»Wie soll das gehen, wenn Marlene anruft und du nie da bist? Sie fand es heute schon komisch, dass wir nicht beim Abendessen waren, als sie anrief«, wandte Alex ein.

»Dann nimm doch einfach das Telefon nicht mehr ab«, schlug Sascha vor.

Alex verdrehte die Augen. »Du verstehst auch nicht allzu viel von Müttern.«

Clara nickte. »Das geht wohl nicht so, stimmt. Aber sagt mal, denkt ihr, ihr kommt alleine zurecht?«

»Natürlich, Oma. Mach dir da mal keine Sorgen«, beruhigte sie Alex.

»Genau. Keine Sorge, ich passe schon auf mein Cousinchen auf.«

Alex warf Sascha einen genervten Blick zu.

»Entschuldige, Cousine.«

»Alex.«

»Okay, Alex. Aber wirklich, Oma. Wir kommen prima zurecht. Wie lange willst du denn hier bleiben?«

»Von wollen kann keine Rede sein. Aber ein paar Tage dauerts wohl schon. Vielleicht nicht gleich die zwei, drei Wochen, von denen Schwester Gertrud spricht, aber ich nehme an, eine Woche werden sie mich schon hier behalten wollen.«

»Ich habe eine Idee, Oma. Die Telefonverbindung mit Ma war heute schon schlecht. Wenn sie anruft, lege ich den Hörer auf, lasse dein Telefon hier einmal klingeln und du rufst Ma gleich zurück. Und falls sie mich wieder sprechen will, machst du dasselbe.«

»Dann müsste eine Schwester in der Nähe sein. So wie die mich verpackt haben, kann ich nicht einmal eine Telefonnummer einstellen ohne Hilfe, geschweige denn den schweren Hörer abheben.«

Sascha griff nach seinem Handy in der Jacke. »Federleicht, diese Dinger. Würde ich dir glatt borgen, Oma.«

»Das ist sehr nett von dir, Sascha, aber ich glaube nicht, dass ich mit diesem Gerät umgehen kann.«

»Natürlich kannst du das. Ich programmiere die Nummer, dann brauchst du genau zwei Knöpfe zu drücken und hast die Verbindung.«

»Und was tust du ohne dieses Ding?«

»Ich weiche auf diese altmodischen Geräte um, die noch unsere Großväter benützten.«

»Und Großmütter.«

»Natürlich, und Großmütter. Bis sie der Technik verfielen und im Krankenhaus ein Handy benützten. Wenn du willst, bring ich dir auch noch einen Gameboy mit.«

»Um Himmels willen. Übertreib es nicht. Aber

vielleicht ist es doch keine schlechte Idee mit diesem Ding da.«

»Ich programmiers heute Abend und Alex kann es dir morgen mitbringen.«

Alex nickte. Sie drückte Clara die Hand zum Abschied. »Gute Besserung, Oma. Und mach dir keine Sorgen um uns.«

»Danke. Und ihr passt auf euch auf, wenn ich es schon nicht tun kann.«

11

Silvan und Pascal hatten den Tisch gedeckt, die Salate in eine Schüssel gekippt und Getränke auf den Tisch gestellt.

»Da seid ihr ja. Wie geht es ihr?«

»Sieht grauenhaft aus, die alte Dame, aber sie scheint in Ordnung zu sein.«

»Und du, Alex?«, fragte Silvan.

»Okay, denke ich.«

»So schnell kriegt man sturmfrei«, lachte Pascal. »Sollte mir einmal passieren.«

»Sehr lustig finde ich das nicht«, entgegnete Alex.

»Tut mir Leid. Hab bloß einen Moment gedacht, dass ich einiges für eine solche Bude hergäbe, in der sich keine Freaks tummeln wie in meiner WG.«

»Sieht aber jetzt schon aus wie in einer WG«, wandte Sascha ein und deutete auf die Küche.

»Kein Problem, die Pizzaschachteln räume ich eigenhändig wieder weg. Aber jetzt lasst uns endlich essen, ich sterbe vor Hunger.«

Silvan stellte drei kleine Bierflaschen auf den Tisch.

»Willst du auch eins, Alex?«

»Nein, danke. Ich nehme Tee.«

»Biete ihr ja nicht wieder Bier an. Jetzt bin ich für sie verantwortlich.«

Alex schaute ihn von der Seite an. »Wie kommst du denn auf die Idee?«

»Ich bin der Ältere.«

»Na und?«

»Ich meine ja nur. Hat Clara nicht so was gesagt?«

»Nein, hat sie nicht. Aber keine Angst, ich mag ohnehin kein Bier.«

Alex konnte sich nicht erinnern, wann sie das letzte Mal so gelacht hatte beim Essen. Doch. Sie konnte sich erinnern. Es war, als sie eine Woche bei Chess verbracht hatte. Schade, dass Chess jetzt nicht hier war. Es hätte ihr auch gefallen und schließlich war Sascha ja noch da. Er warf Pascal gerade einen Handkuss zu, als dieser anbot das Geschirr abzuwaschen.

»Fantastisch! Erst Sekretärin und nun Hausfrau. Dich kann man wirklich brauchen, Süße.«

Pascal lachte. »Jetzt reichts aber dann mit den

Jobs. Am Ende verbringe ich die Nacht noch in der Hundehütte um das Haus zu bewachen.«

»Sorry, aber eine Hundehütte haben wir leider nicht«, entgegnete Alex. »Aber wir könnten eine anschaffen, was meinst du, Sascha?«

Sascha lachte. »Nein, das wär dann doch etwas zu unmenschlich. Aber der Teppich im Eingang wäre auch ein hübsches Plätzchen für einen Wachhund.«

Bellend trug Pascal das Geschirr in die Küche.

»Bist du sicher, dass du abwaschen willst?«, fragte Alex.

»Nein, natürlich nicht. Ich tus aber trotzdem.«

Silvan folgte ihm. »Und ich trockne ab.«

»Siehst du«, lachte Sascha, »da hast du dir im richtigen Moment die richtigen Jungs angelacht. Ich muss sie dir aber leider entführen, sobald sie fertig sind.«

Schade. Alex hätte gerne den ganzen Abend mit ihnen verbracht.

»Komm doch mit in den Übungsraum«, lud Silvan sie ein.

»Nein, muss noch ein paar Dinge erledigen.«

»Schade, dann bis zum nächsten Mal, Alex.«

»Ja, bis dann.«

Als die drei weg waren, goss sich Alex ein Glas Milch ein und legte sich aufs Sofa. Gewöhnlich mochte sie diese Ruhe, aber jetzt hätte sie lieber noch ein wenig Gesellschaft gehabt. Hoffentlich ging die Sache mit Clara gut aus und die Eltern merkten nichts davon. Als das Telefon klingelte, ging Alex nicht ran. Sie hätte nichts zu sagen gewusst, wenn Marlene dran gewesen wäre. Als es aufgehört hatte zu klingeln, rief sie Chess an, doch die war nicht zu Hause.

Alex legte sich wieder aufs Sofa und schaltete den Fernseher ein. Ein Film hatte gerade begonnen und so legte sie sich bequem hin und schaute ihn sich an. Der Film war absolut kitschig und die Handlung völlig vorhersehbar, aber Alex mochte diese Filme. Beim Happyend rannen ihr dicke Tränen über die Wangen und in dem Moment kam Sascha ins Wohnzimmer.

»Alles in Ordnung?«

»Ja.« Alex wischte sich die Tränen weg.

»Einsam?«

»Nein. Hollywoodstreifen.«

»Dann bin ich ja beruhigt. Meinst du, es ist okay, du hier so alleine im Haus? Soll ich lieber oben im Gästezimmer schlafen?«

»Nein, ist schon in Ordnung.«

»Wirklich?«

»Ja, wirklich. Ich geh dann mal schlafen. Vielleicht sehen wir uns morgen.«

»Ja, bestimmt. Spätestens am Abend. Ich werde doch mein Cousinchen nicht allein lassen. Entschuldige, Alex meine ich natürlich.«

»Gute Nacht«, lachte Alex und ging nach oben.

»Schlaf gut.«

Als sie im Bett lag, hörte sie plötzlich Geräusche. Sie wischte die Gedanken weg. War bestimmt bloß ein Vogel oder so. Ob Vögel fliegen in der Nacht? Sie hatte noch nie einen schlafenden Vogel gesehen. Vielleicht waren es auch Füchse oder Katzen. Alex konnte lange nicht einschlafen, und als sie endlich schlief, träumte sie einen entsetzlichen Traum. Am nächsten Morgen konnte sie sich nicht mehr an den Traum erinnern, aber ihr war eiskalt und einsam zumute. Sie setzte Kakao auf und ging zum Faxgerät. Ein Fax lag drin.

Liebe Alexandra!
Wie geht es euch? Wir hoffen, dass ihr es gut habt zusammen und dass du die letzten Ferientage genießt. Was tut ihr die ganze Zeit? Ich gehe viel spazieren. Santiago ist eine interessante Stadt. Es gibt eine hübsche autofreie Passage mit Parks und Straßencafés. Dein Vater ist im Geschäft und kommt am Nachmittag ins Hotel. Die Abende verbringen wir in der Stadt, es gibt hier ganz nette Lokale.

Ich rufe gegen Abend (eure Zeit) an, Clara ist dann bestimmt auch da.

Wir denken an dich. Machs gut und grüße Clara und Sascha von uns beiden.
Liebe Grüße von deinen Eltern

Alex trank ihren Kakao, setzte sich an den Tisch und begann ihren Eltern ein Antwort-Fax zu schreiben. Sie schrieb, dass sie sie vermisste, was im Augenblick auch stimmte, dass alles okay sei und dass es Clara gut gehe. Sie strich das wieder, davon mussten sie ja ausgehen. Sie begann einen neuen Brief. Am Schluss war sie sehr zufrieden damit. Sie hatte geschrieben, dass Claras Freundin sie beide zum Abendessen eingeladen hätte, die Eltern brauchten sich also keine Sorgen zu machen, wenn sie nicht hier sein würden am Abend. Und das nächste Wochenende würde sie wie geplant bei Chess verbringen. Sie wünschte ihnen viel Spaß, grüßte sie herzlich und faxte den Brief gleich ins Hotel.

Dann rief sie Katja an.

»Gehen wir heute Nachmittag schwimmen?«

»Nein, heute nicht«, antwortete Katja.

»Was tust du?«

»Weiß nicht.«

»Bist du sauer?«

»Nein.«

»Komisch. Ich wäre sauer, wenn ich du wäre.«

»Na gut. Ein wenig.«

»Frieden?«

»Ja.« Katja klang erleichtert. »Gilt das mit dem Schwimmen noch?«

Sie verabredeten sich für zwölf Uhr im Schwimmbad. Alex packte ihre Sachen und fuhr ins Krankenhaus. Bis zwölf war Besuchszeit.

»Hi, Oma«, begrüßte Alex sie.

»Guten Tag, Alex. Schön, dass du hier bist. Wie gehts?«

»Das frage ich dich.«

»Nicht schlecht. Aber das Essen ist miserabel. Hast du was gegessen heute?«

»Natürlich. Mach dir keine Sorgen, ich vergesse das schon nicht. Gestern Abend gabs Pizza.«

»Du hast Pizza gemacht?«

»Nicht ich. Pascal hat welche bestellt.«

»Ich bin froh, dass da noch die Jungs sind. Ich habe das Gefühl, die kann man brauchen.«

Alex nickte. Und ob, dachte sie. »Schau mal, Saschas Leihgabe.« Sie reichte Clara das Handy und erklärte ihr die Funktionen.

»Lass mal, Liebes, ich fürchte, das kann ich mir nicht alles merken. Zeig mir die zwei Tasten, mit denen ich deine Eltern erreichen kann.«

Alex erklärte es ihr und Clara wiederholte es zwei-, dreimal, bis sie sicher war, dass sie das schaffen würde. Beim dritten Mal vergaß sie rechtzeitig wieder auf Stopp zu drücken und plötzlich leuchtete das Gerät.

»Um Himmels willen, Alex, schau mal.«

Alex nahm das Handy und hörte die verschlafene Stimme von Marlene.

»Oh, Ma. Guten Morgen.«

»Guten Morgen? Weißt du, wie spät es ist?«

»Entschuldige bitte, das war ein Versehen. Bei uns ist es halb zwölf. Hab ich dich geweckt?«

»Natürlich hast du das. Aber lass mal, jetzt, wo ich wach bin. Wie geht es euch?«

»Gut. Ich hab dir das geschrieben per Fax.«

»Ich war noch nicht an der Rezeption. Ist etwas?«

»Nein, gar nichts. Wir wollten euch nur guten Tag sagen. Warte mal, ich geb dir Oma.«

Sie reichte Clara das Handy.

»Marlene? Entschuldige bitte, das war meine Schuld. Wir wollten euch nicht wecken. Und jetzt lassen wir euch besser weiterschlafen. Grüß meinen Jungen schön von mir.«

Sie drückte auf die Stopp-Taste.

»Immerhin wissen wir nun, dass ich das kann«, lachte Clara. »Jetzt musst du mir nur noch erklären, wie ich sonst eine Nummer einstellen kann.«

Alex erklärte es ihr.

»Ich geh schwimmen mit Katja. Brauchst du was? Ich könnte am Abend nochmals kommen.«

»Nein, danke. Ich hab hier alles, was ich brauche.«

»Ach ja, da kommt mir in den Sinn: Ich hab Ma geschrieben, dass wir heute Abend bei deiner Freundin eingeladen sind.«

»Hervorragend. Hab einen schönen Tag, Liebes.«

»Tschüs, Oma, bis morgen.«

12

Katja war bereits im Schwimmbad, als Alex kam.

»Hi. Er hat angerufen«, sagte Alex.

»Wer?«

»Georg.«

»Welcher Georg?«

»Äh, Gregor, meine ich. Ich hab aber nicht mit ihm gesprochen. Pascal ging ans Telefon. Ich glaube nicht, dass er nochmals anruft.«

»Und wenn schon, der interessiert mich nicht mehr. Wer ist Pascal?«

»Ein Freund von Sascha.«

Dann erzählte sie Katja von Claras Autounfall.

»Das heißt, du hast jetzt die ganze Bude für dich allein?«

»Ich fürchte ja.«

»Du fürchtest?«

»Na ja. Gestern hats beinahe gespukt. Aber Sascha ist ja noch da.«

»Puh, ich würde wer weiß was darum geben, meine Eltern mal eine Weile weg zu haben. Wann steigt die Party?«

»Welche Party?«

»Tut man doch, wenn die Bude sturmfrei ist.«

»Stimmt. Mal sehen. Wär gar keine schlechte Idee. Am Wochenende gehts aber nicht, da fahr ich zu Chess.«

»Schade. Oh, sieh mal, die da drüben kennen wir doch.«

Sie stand auf und winkte ein paar Jungs aus ihrer Klasse zu, die gerade ihre Badetücher auslegten. »Hier gibts noch Platz!«

Später spielten sie zusammen Fußball. Als Alex zum Kiosk ging, winkte Sascha wieder vom Dach.

»Hi, Alex. Schon lange hier?«

»Seit Mittag. Und du?«

»Na hör mal. Punkt acht Uhr. Hast du schon eingekauft?«

»Was eingekauft?«

»Abendessen. Wir proben um sieben. Wär doch was, ein nettes Abendessen vorher.«

»Mal sehen. Aber denk nicht, ich sei eure Köchin.«

»Tu ich doch nicht. Aber gestern hat Pascal es besorgt, heute kannst du es tun, morgen ich und am Samstag Silvan.«

»Mist, ich bin am Samstag gar nicht da.«

»Pech gehabt. Dann musst du morgen mit meiner Kost vorlieb nehmen. Mist, ich muss weitermachen, sonst schmeißt er mich noch raus. Bis abends dann.«

Alex ging zurück zu den anderen. Da sie keine rechte Lust mehr auf Fußball hatte, verabschiedete sie sich bald.

Zu Hause schlug sie ein Kochbuch auf. War nicht gerade ihre Stärke, das Kochen, aber irgendetwas würde sie schon hinkriegen. Sie entschied sich für Tomatenspagetti. War zwar nicht exklusive Küche, aber einfach in der Zubereitung. Beschwingt ging sie einkaufen. Sie stellte sich vor, wie es wäre, für Silvan allein zu kochen. Älter zu sein, zusammen zu wohnen. Eine Flasche Wein kühl zu stellen, Kerzen anzuzünden, zu essen, dann ein wenig Musik zu hören, und gerade bevor sie zum spannendsten Teil des Abends kam, wurde sie durch eine Autohupe abrupt aus ihren Tagträumen gerissen.

Scheißautos, dachte sie, aber nur, bis sie hinter dem Steuerrad Silvan erkannte.

»Hey, Alex. Ganz in Gedanken versunken? Ich hoffe, sie sind angenehm.«

»Kann man wohl sagen«, erwiderte sie lächelnd.

»Woran denkst du denn?«

»Geheimnis.«

»Schade. Sag mal, hast du Lust auf eine Spritzfahrt?«

»Ja. Aber eigentlich wollte ich einkaufen.«

»Dann kommen wir eben vor Ladenschluss wieder zurück.«

»Okay.« Alex stieg ins Auto. »Wohin gehts?«

»Wohin willst du?«

»Egal. Wos schön ist.«

»In den Supermarkt?«

Alex schaute ihn von der Seite an. »Besonders schön finde ich Supermärkte eigentlich nicht.«

»Ein Scherz«, lachte Silvan. »Ich zeige dir das hübscheste Plätzchen weit und breit.«

Alex lehnte sich bequem in den Autositz. Bald verließen sie die Stadt, fuhren durch einen Wald und mitten im Wald hielt Silvan an.

»Den Rest müssen wir zu Fuß gehen. Naturschutzgebiet.«

Alex stieg aus und folgte ihm auf einem schmalen Pfad. Sie traute ihren Augen kaum, als sie nach einiger Zeit an einen kleinen Teich kamen. Ein Sonnenstrahl durchbrach die Baumkronen und spiegelte sich im Wasser.

»Wahnsinn!« Alex war beeindruckt.

»Nicht wahr? Ist aber ein Geheimnis. Kennt fast

keiner, dieses Plätzchen. Nur ein paar Meisen und nachts die Fledermäuse.«

Es war das Paradies.

Silvan breitete eine alte Wolldecke aus.

»Du musst dich hinlegen, und zwar mit dem Kopf auf diese Seite. Dann kannst du zwischen den Baumkronen die Wolken sehen, die vorbeiziehen. Besser als Kino, das schwör ich dir.«

Alex legte sich hin und Silvan legte sich neben sie.

Die Aussicht auf das Stück Himmel war wunderbar und dennoch konnte Alex sie vor Aufregung gar nicht richtig genießen. Dazu lag Silvan zu nahe bei ihr. Beziehungsweise zu weit weg. Zwischen ihnen hätte gut noch ein Hund liegen können, so weit weg lag Silvan.

Alex fühlte sich entspannt wie schon lange nicht mehr. Plötzlich war ihr kribbelig, und es dauerte einen ganzen Moment, bis sie merkte, dass sie Ameisen am Hals hatte. Sie setzte sich auf und schüttelte sich.

»Was ist denn los?«

»Ameisen.«

»Ja, das ist das Elend an dieser Natur, dieses Kleingetier. Warte, ich helfe dir.«

Alex hielt die Haare zusammen und Silvan wischte mit seiner Hand die Ameisen von ihrem Pulli. Er hielt ihre eine Schulter und blies die Ameisen an ihrem Hals weg. Alex wurde ganz warm. Sie schloss die Augen und spürte seinen Atem an ihrem Hals und unversehens spürte sie eine Berührung. Es fühlte sich an wie ein sehr sanfter Kuss, doch schon war die Berührung vorbei. Vielleicht war es auch nur seine Hand gewesen.

»So. Weg sind sie. Sollen wir auch gehen?«

»Jetzt schon?«

»Du wolltest doch noch einkaufen.«

Alex warf einen Blick auf ihre Uhr. In einer halben Stunde würden die Geschäfte schließen. Sie hätte gewettet, dass noch keine Viertelstunde vergangen war, doch ihrer Uhr nach musste es fast eine Stunde gewesen sein. Komisch, so lange dazuliegen und kein Wort zu sprechen. Vermutlich fand Silvan sie ziemlich langweilig und dachte an Aline. Bestimmt lag er gewöhnlich mit Aline hier, die geistreich und originell war.

Alex verscheuchte die Gedanken daran, was Silvan wohl mit Aline tat, wenn er auf der Wolldecke lag. Sie lauschte seinem Summen, als sie zurück zum Auto gingen, und musterte ihn von hinten. Er sah atemberaubend aus.

Sie stiegen ins Auto.

»Musik?«

»Wenn du willst.«

»Eigentlich lieber nicht. Diese Stille, ich liebe das.«

»Und das sagt ausgerechnet ein Musiker?«

»Nun ja – nicht jede Stille. Aber diese Stille gerade ist laut genug.«

Der Motor übertönte sie und Alex lehnte sich wieder in den Sitz.

Viel zu bald waren sie in der Stadt.

»Kommst du heute Abend auch zum Essen?«

»Mal sehen, ob ichs schaffe. Und sonst sehen wir uns bestimmt später, vor der Probe.«

Alex stieg aus und schaute seinem Auto nach.

13

Zu Hause lag ein Fax von Marlene.

Liebe Alexandra,
schön, dass ihr heute gemeinsam etwas unternehmt. Wir hoffen, ihr habt es gut zusammen. Aber Chess kannst du nicht besuchen. Am Montag beginnt doch wieder die Schule. Da kannst du nicht das ganze Wochenende weg sein. Fahr doch das andere Wochenende zu ihr, dann hast du ihr auch viel zu erzählen, von der Schule und so.

Alex starrte das Blatt wütend an.

Uns geht es gut. Wir fahren am Wochenende an einen hübschen Ort am Meer. Ich werde dich von dort aus am Sonntagabend anrufen. Du kannst uns die ganze Zeit erreichen, die Fax-Nummern stehen unten. Machts gut und seid lieb gegrüßt,

deine Eltern.

Verärgert warf Alex das Blatt auf den Tisch. Was

ging ihre Eltern an, was sie am Wochenende tat, wo sie so weit weg waren! Ein Wunder, dass nicht drin stand, sie solle sich regelmäßig die Zähne putzen.

Sie packte die Lebensmittel aus und begann wütend das Gemüse zu schneiden.

Nach einer Weile kam Sascha nach Hause.

»Kann ich helfen?«

»Nein. Du bist morgen dran.«

»Sauer?«

»Nein!«

»Komm schon.«

»Lies mal dieses dämliche Fax auf dem Tisch.«

Sascha las es. »Und?«

»Und?! Ich will zu Chess am Wochenende. Das haben wir so verabredet.«

»Soll sie doch herkommen. Dann seht ihr euch trotzdem. Wir könnten am Samstag ohnehin eine kleine Party schmeißen, wo wir die ganze Bude für uns haben. Was hältst du davon?«

»Ich weiß nicht, ob Chess kommen kann.«

»Dann frag sie.«

»Kann ich ja mal tun.«

Sie hantierte in der Küche und überlegte es sich. Schlecht war die Idee nicht. Katja würde sich freuen. Und Silvan würde bestimmt auch kommen.

»Würdet ihr Musik machen?«

»Weiß nicht, ob Silvan Zeit hat. Ohne ihn ginge es schlecht.«

»Der muss einfach.«

»Sag das ihm. Er hats im Moment nicht einfach.«

»Warum denn?«

»Frag ihn das selbst.«

Alex würde sich hüten. Bestimmt hatte es mit Aline zu tun und von ihr wollte sie gar nichts hören. Sie hoffte, dass er Aline am Samstag nicht mitbringen würde.

Als das Essen fertig war, kam Pascal.

»Na, ihr Hübschen? Das duftet ja lecker.«

»Sollen wir noch auf Silvan warten?«

Sascha zuckte mit den Schultern. »Eher nicht, vielleicht kommt er erst zur Probe.«

Alex war hin- und hergerissen. Natürlich war sie noch wütend auf ihre Eltern, andererseits gefiel ihr die Aussicht auf eine Party. Obwohl sie ihr ohne Silvan keinen Spaß machen würde und mit Aline ebenfalls nicht.

»Keinen Appetit?«, fragte Pascal, als er bereits zum dritten Mal den Teller füllte. »Also mir schmeckts bestens.«

Alex mochte die Spagetti auch. Und überhaupt, was sollte sie sich jetzt schon den Kopf zerbrechen? Und schließlich kam Silvan ja bald.

Kaum hatte sie an ihn gedacht, klingelte es bereits.

Schnell stand sie auf und ging zur Tür.

»Hi, Alex. Habs leider nicht früher geschafft.«

»Stress?«

»Kann man wohl sagen.« Er ging ins Wohnzimmer. »Hallo zusammen. Gibts noch was zu essen?«

»Klar.« Alex holte Geschirr und Besteck und er langte zu, als ob er am Verhungern wäre.

»Schmeckt toll, Alex.«

Alex setzte Kaffeewasser auf. Als sie ins Wohnzimmer zurückkam, berichtete Silvan gerade von seinem Tag. »Und dann wieder der Stress mit meinem Vater wegen des Studiums.«

»Ich dachte, du studierst nicht?«, fragte Alex.

»Das ist es ja, was ihn so ärgert. Ich habe vor den Semesterferien abgebrochen. Ökonomie interessiert mich nun mal nicht. Aber das scheint er nicht zu begreifen.«

»Wieso hast du nicht was anderes studiert?«

»Ging nicht. Er bestand drauf. Das hat er nun davon. Aber lassen wir das. Ansonsten war der Tag herrlich.« Er zwinkerte Alex zu und ihr Herz begann wie wild zu pochen.

Als die drei in den Übungsraum verschwanden, rief Alex Chess an.

»Na, was gibts Neues?«

»Willst du zuerst das Gute oder das Schlechte hören?«

»Na, das Gute!«

»Heute Nachmittag hab ich mit Silvan eine Ausfahrt an den bezauberndsten Fleck der Welt gemacht. Im Wald oben, eigentlich ganz in der Nähe, gibt es einen wunderschönen Teich. Wir haben eine Stunde dagelegen und den Wolken zugeschaut.«

»Ist ja allerhand. Und?«

»Nichts und. Wir haben nicht einmal miteinander gesprochen.«

»Das ist vielleicht romantisch.«

»Und jetzt sind sie im Übungsraum.«

»Ich wünschte, Lukas würde in meinem Keller üben.«

»Und ich wünschte, Silvan würde nicht in meinem Keller üben. Ist viel zu weit weg.«

»Stimmt auch wieder. Und die schlechten Neuigkeiten?«

»Clara liegt im Spital.«

»Ist nicht wahr!«

»Doch. Sie hat ein Polizeiauto gerammt. Es geht ihr schon wieder ziemlich gut, aber trotzdem.«

»Die Ärmste. Aber sag mal, das heißt, du hast nun sturmfrei?«

»Allerdings. Du, ich wollte dich was fragen. Könntest du am Wochenende nicht herkommen? Marlene hat mir von Kontinent zu Kontinent Hausarrest gegeben.«

»Spinnt die? Ist es ihr ernsthaft lieber, wenn du alleine zu Hause bist als unter den Fittichen von Lea?«

»Das weiß sie nicht. Wir haben ihr nichts von Clara gesagt, sonst kommen sie womöglich gleich wieder nach Hause.«

»Klingt vernünftig. Natürlich komme ich, sofern Lea mich lässt. Sollte aber gehen. Im Moment hat sie ein schlechtes Gewissen, weil sie so oft auch abends arbeiten muss. Und ein schlechtes Gewissen ist die beste Voraussetzung, wenn man was will von ihr.«

»Dann frag sie. Wir geben eine Party.«

»Die kann ich mir natürlich nicht entgehen lassen. Ist Silvan auch da? Den muss ich mir unbedingt ansehen.«

»Ich weiß nicht, ob er kommt. Ach ja und er hat eine Freundin.«

»Woher weißt du das?«

»Pascal hat etwas angedeutet. Aline heißt sie.«

»Na ja, so ernst kann es ja wohl kaum sein, wenn er mit dir die Nachmittage im Wald verbringt.«

»Nur einen Nachmittag, leider.«

»Bis jetzt.«

Alex lachte. »Ich wäre schon überglücklich, wenn er zu der Party käme. Allein natürlich. Kommt Lukas auch?«

»Ich hoffe doch sehr. Ich ruf dich an. Jetzt muss ich aber Schluss machen, Lea kommt grad.«

Alex setzte sich aufs Sofa und blätterte ein paar Magazine durch. Ihre Situation gefiel ihr immer besser. Sie dachte daran, wie Silvan ihr zugezwinkert hatte, und wieder wurde ihr ganz warm. Silvan. Er war so schön. Und so nah. Und doch so weit weg. Sie hoffte, ihn nochmals zu sehen nach der Probe, aber als bis elf keiner der drei wieder nach oben kam, ging sie zu Bett.

14

Als Alex am nächsten Morgen die Treppe hinunterlief, strömte der Geruch von Kakao aus der Küche. Komisch, dachte Alex. Sascha müsste doch schon längst bei der Arbeit sein. »Morgen«, rief sie und ging zum Faxgerät, doch da lag nichts drin.

»Hi, Alex. Gut geschlafen?«

Sie drehte sich erstaunt um. »Pascal? Was machst denn du schon hier?«

»Kakao. Nicht schon. Noch. Es wurde sehr spät gestern.«

»Und Silvan?«

»Ging früher. Sascha ist in der Arbeit. Er sagte, es sei okay, wenn ich hier oben frühstücke.«

»So, sagte er das?«

»Hast du was dagegen?«

»Wenn du mir eine Tasse Kakao übrig lässt, nicht.«

»Klar. Ich hab auch schon frische Brötchen besorgt.«

»Na, wenn das so ist, bist du natürlich jederzeit willkommen.«

Alex war es eigentlich ganz recht, nicht allein frühstücken zu müssen.

»Im Ernst?«, fragte Pascal.

Alex schaute ihn erstaunt an.

»Weißt du«, begann er zögernd, »wenn du nichts dagegen hast, ich meine, wenn du wirklich nichts dagegen hast – ich wär ganz gerne öfter hier. Ich könnte Schlagzeug spielen, jetzt wo ich Semesterferien habe. Ich stör dich bestimmt nicht. Versprochen.«

»Du meinst, du willst hier einziehen?«

»Na ja, vielleicht nicht richtig einziehen. Ein bisschen einziehen, ja.«

»Ein bisschen einziehen?«

»Ein paar Sachen mitnehmen und eine Weile hier übernachten. Ferien von der WG sozusagen.«

Alex überlegte einen Moment. Sie kannte Pascal nicht sehr gut, aber sie mochte ihn. Und Sascha mochte ihn auch. Das Haus wäre nicht mehr so leer. Genau genommen hatte Alex überhaupt nichts dagegen, wenn er hier einzog. Im Gegenteil.

»Von mir aus kannst du gern herkommen. Du kannst das Gästezimmer benützen, solange Clara im Krankenhaus ist, damit du nicht auf Saschas Couch schlafen musst.«

»Du, das geht schon, echt, kein Problem. Unten ist genug Platz«, wandte er rasch ein.

Sie frühstückten ausgiebig, und als sie fertig waren, begann Pascal die Küche aufzuräumen.

Alex lachte. »Lass mal, du hast doch schon Frühstück gemacht.«

»Wir können ja abwechseln.«

»Abgemacht und: willkommen.«

Pascal strahlte und umarmte Alex. »Danke. Du tust mir damit einen Riesengefallen. Sag mir, wenn ich mich revanchieren kann.«

Bring Silvan dazu, auch ein bisschen hier einzuziehen, dachte sie, aber sie schwieg. Und wenn sie es sich recht überlegte, war es einfacher, wenn Pascal hier wohnte und nicht Silvan. Pascal war nett, hilfsbereit und locker. Beziehungsweise war Alex locker ihm gegenüber. Wenn Silvan einziehen würde, wäre das vermutlich ein Riesenstress, wo sie doch schon nervös wurde, wenn sie nur an ihn dachte.

»Brauchen wir noch was für heute Abend?«, fragte Alex.

»Darum kümmert sich Sascha nach der Arbeit. Heute ist er dran. Was tust du heute?«

»Erst gehe ich zu Clara und dann schaue ich wohl mal, wie das mit der Party morgen ist. Du kommst doch auch?«

»Natürlich. Ich wohne doch jetzt ein bisschen hier«, antwortete er augenzwinkernd. »Ich gehe am Nachmittag mit Silvan einkaufen, das haben wir schon so verabredet. Er hat ein Auto.«

»Ist es seins?«

»Nein, gehört seiner Mutter. Aber die geht eher zu Fuß, als dass sie ihrem Liebling eine Bitte abschlägt.«

»Echt?«

Sascha nickte. »Wenn sein Vater schon spinnt, ist es doch nur angebracht, wenn sie netter ist.«

»Sein Vater spinnt?«

»Seit er das Studium geschmissen hat. Und wenn er erst hört, dass Silvan in Berkeley beginnt, rastet er wohl vollends aus.«

»Berkeley?«

»DIE Musikschule in den USA. Das Beste, was ihm passieren konnte. Ist gar nicht leicht, dort aufgenommen zu werden. Nur seine Eltern wissen so was nicht zu schätzen.«

Scheiße, dachte Alex. USA. Was war das für eine Stadt, aus der alle wegzogen! Chess, Alex' Eltern, Clara – nun ja, die war noch in der Stadt, aber trotzdem. Und nun Silvan?

»Wie lange dauert denn diese Schule?«

»Der Vorkurs ein paar Monate, die Ausbildung ein paar Jahre, denke ich.«

»Mist!«

»Na hör mal, ich gäbe glatt meine linke Hand für eine solche Chance, das heißt, wenn ich sie nicht zum Drummen brauchen würde.«

»Warum denn so weit weg? Gibt es hier keine Musikerschulen?«

»Schon, sogar eine sehr gute, *Jazz & Rock*. Aber da kommst du kaum rein. Die haben ellenlange Wartelisten und ein extremes Auswahlverfahren. In Berkeley zwar auch, wir konnten es kaum fassen, als der Brief kam. Aber er kam. Und Silvan geht.«

»Ist das sicher?«

»Klar. So eine Gelegenheit kann er sich nicht entgehen lassen. Da hält ihn nicht mal was so Starkes wie unsere Band zurück.«

Alex bekam schon Bauchschmerzen beim Gedanken daran, dass Silvan bald in Amerika sein würde.

»Was ist denn los? Gönnst du ihm das nicht?«

»Natürlich. Geht mich auch nichts an.«

»So siehst du aber nicht aus.«

Alex errötete.

Pascal legte den Arm um ihre Schulter. »Jetzt sag bloß, du bist verliebt!«, grinste er.

Alex schüttelte den Kopf. »Natürlich nicht. Ich kenne ihn ja kaum.«

»Als ob das ein Grund wäre. Für Nichtverliebtsein siehst du entschieden zu mitgenommen aus.«

Alex warf ihm einen ärgerlichen Blick zu.

»Komm schon, Alex. Lass den Kopf nicht hängen!« Und schmunzelnd fügte er hinzu: »Du hast ja noch Gregor.«

Beide prusteten los.

»Das behältst du aber für dich, verstanden?«

»Das mit Gregor? Nein, im Ernst. Keine Angst, auf mich kannst du dich verlassen. Ich kenne das.«

»Bist du verliebt?«

»Allerdings.«

»Und sie?«

»Kein Kommentar«, antwortete er kurz. »Aber jetzt lass uns die Liste für die Party zusammenstellen. Kommst du auch mit zum Einkaufen?«

»Ich weiß nicht.«

»Komm schon, lange ist er nicht mehr hier. Und wenn ich es mir genau überlege, kann ich leider gar nicht mitkommen. Mir ist gerade in den Sinn gekommen, dass ich gar keine Zeit habe.« Er boxte sie freundschaftlich in den Oberarm.

15

»Passt gar nicht zu Pascal, in letzter Minute abzusagen«, sagte Silvan.

»Kann doch vorkommen, dass man eine Verabredung vergisst«, wandte Alex ein.

»Schon, aber dann weiß man wenigstens, was für eine Verabredung man vergessen hat.«

Alex genoss es, neben Silvan im Auto zu sitzen. Sie sagte nichts von seiner Schule in Amerika. Sie stellte sich lieber vor, dass das gar nicht stimmte. Und neben ihm zu sitzen war schließlich besser, als sich im Schwimmbad nach ihm zu sehnen.

Sie fuhren ins Einkaufszentrum und kauften für die Party ein. Ohne viele Worte packten sie den Einkaufswagen voll, als ob sie das schon hundertmal zusammen getan hätten.

»Entschuldige, dass ich so schweigsam bin. Hat nichts mit dir zu tun«, sagte Silvan auf dem Rückweg.

»Kein Problem. Ich sag ja auch nichts.«

»Ich will nur nicht, dass du mich für einen Langweiler hältst.«

»Bist du denn keiner?«, lachte Alex.

»Nein. Ich bin der aufregendste Typ der Welt. Man merkt mir das nur nicht an«, lachte er.

O doch, das tut man, dachte Alex.

Zu Hause half er ihr die Einkaufstaschen ins Haus zu bringen.

»Magst du was trinken?«

»Nein, ich muss gleich wieder weg, leider. Hab noch was vor.«

»Schade«, erwiderte Alex. Bestimmt fuhr er zu Aline. »Bist du am Abend da?«

»Ich denke schon. Schon allein um mir Saschas Kochkünste anzusehen.«

»Fein, dann bis heute Abend.«

»Ja, bis dann.«

Alex wollte gerade in ihr Zimmer gehen, als das Telefon läutete.

»Hallo?«

»Alex? Liebes, wie geht's?«

»Hi, Ma. Alles okay hier. Und bei euch?«

»Es geht uns gut. Wir haben schon eine Menge Leute kennen gelernt. Sieht ganz so aus, als ob es deinem Vater im Geschäft gefällt.«

»Bleibt ihr denn?«

»So weit sind wir noch nicht. Aber ich denke, für deinen Vater wäre es schon eine Chance. Und die Umgebung hier ist wirklich einmalig. Dir würde es bestimmt auch gefallen hier.«

»Glaub ich nicht.«

»Du wirst sehen, es gibt auch hier nette junge Leute.«

»Ich habe aber keine Lust, nach Chile zu reisen.«

»Das musst du ja auch noch nicht. Aber wenn

dein Vater hier bleibt, dann werden wir die nächsten Ferien zusammen hier verbringen, damit du seine neue Umgebung kennen lernst.«

»Ich dachte, es sei noch nichts entschieden?«

»Nein, das ist es auch nicht. Aber ich mache mir so meine Gedanken. Und was tust du die ganze Zeit?«

»Nichts Besonderes.«

»Erzähl doch ein wenig. Was hast du heute gemacht?«

»Ich war im Krankenhaus, ähm, mit Katja. Ihre Großmutter ist im Krankenhaus. Sie hat sich den Arm gebrochen. Morgen kann sie aber schon wieder nach Hause.«

»Schön. Ich hab schon gemeint, Katja sei was passiert.«

»Was soll ihr schon passieren? Und am Nachmittag sind wir zusammen einkaufen gegangen.«

»Das freut mich, dass du dich mit ihr angefreundet hast, jetzt, wo Jessica weg ist.«

»Das ist doch nicht dasselbe.«

»Wo wir gerade von ihr sprechen: Ich hoffe, du konntest ihr schon absagen fürs Wochenende.«

»Nicht nötig. Sie kommt hierher.«

»Muss das sein? Wird das für Clara nicht etwas zu viel, wenn du Besuch hast? Und auch für dich, wo du am Montag wieder zur Schule musst.«

»Clara hat überhaupt nichts dagegen, es war sogar ihr Vorschlag. Und wenn Chess noch hier wäre, würden wir uns doch auch sehen am Wochenende.«

»Schon. Aber trotzdem. Geht nicht zu spät ins Bett, ihr zwei. Und denk an die Schule am Montag.«

»Keine Angst, ich vergesse schon nicht hinzugehen.«

»Dann ist es gut. Und Clara ist ja auch noch da. Kannst du sie mir bitte schnell geben?«

»Was sagst du? Ich hör nichts mehr. Ma?« Alex legte den Hörer auf, wählte Claras Nummer im Krankenhaus und legte den Hörer auf. Ein paar Minuten später klingelte es und Clara war dran.

»Liebes, das lief ja wie geschmiert.«

»Hi, Oma. Mann, bin ich froh.«

»Und ich erst. Ich bin ja schuld am Ganzen. Jetzt weiß ich bloß noch nicht, wie ich dich und Chess am Samstag rechtzeitig ins Bett bringe. Das hab ich Marlene versprechen müssen.«

»Mach dir da mal keine Sorgen. Schließlich haben wir frei am Sonntag.«

»Das stimmt. Geht ihr aus am Samstag?«

»Nein. Wir bleiben zu Hause, Sascha, Pascal und Silvan kommen auch.«

»Fein, da mache ich mir wirklich keine Sorgen.«

»Sag ich doch. Brauchst du irgendwas?«

»Nein, ich habe hier alles, was man braucht, wenn man den ganzen Tag herumliegt. Aber hör mal, heute war die Stationsärztin da und die meinte, dass ich in einer Woche entlassen werde. Ich bin also immerhin vor deinen Eltern wieder da.«

»Super. Dann schau mal, dass du rechtzeitig gesund wirst.«

»Versprochen. Kommst du am Sonntag bei mir vorbei? Das heißt, falls du Zeit dazu hast.«

»Klar hab ich Zeit. Und wenn vorher was ist, rufst du an, in Ordnung?«

»In Ordnung. Und grüß mir Jessica und die Jungs schön von mir.«

16

Sascha stand fluchend in der Küche.

»Mann, das ist vielleicht ein Mist. Kommt alles ganz anders raus als im Kochbuch.«

Alex grinste. »Komm schon, das machst du doch mit links.«

»Es sieht jetzt schon aus, als hätt ichs mit links gemacht.«

»Es duftet jedenfalls nicht schlecht.«

»Immerhin. Wir können ja mit verbundenen Augen essen.«

»Soll ich den Tisch decken?«

»Nein, lass mal. Das tue ich später. Was von Clara gehört?«

»Ja. Sie rechnet damit, vor meinen Eltern wieder hier zu sein. Heute hat Ma angerufen, hat alles geklappt, als ich den Hörer auflegte und Clara sie dann anrief.«

»Dann ist es ja gut. Hoffentlich kommt Clara früher nach Hause. Ich vermisse mein Handy.«

»Kann ich mir denken. Ich gehe noch schnell nach oben.«

Alex hörte, wie jemand an ihre Zimmertür klopfte.

»Alex?«

Sie öffnete die Tür, vor der Pascal stand. Er hatte seine Arme hinter dem Rücken versteckt. »Überraschung!« Er reichte ihr ein Foto.

Ein Foto der Band. Silvan sah umwerfend aus drauf.

»Danke!« Sie beugte sich zu ihm und gab ihm begeistert einen Kuss auf die Wange.

»Dachte ich mir, dass es dir gefällt. Und die zweite Überraschung: Er ist unten. Kommst du?«

»Ja, ich komme gleich.«

Pascal ging hinunter und Alex lehnte an der Tür und schaute das Foto an, dann löschte sie das Licht und lief ebenfalls nach unten.

»Hi, Silvan.«

»Hi. Alles klar?«

»Und ob.«

»So siehst du auch aus.«

Alex setzte sich neben Silvan. »Und du, gut gelaufen, dein Nachmittag?«

»Ich hoffe schon. Genaueres erfahre ich in ein paar Wochen.«

»Klingt nach einem Geheimnis«, sagte Pascal.

»Ist es auch. Alles zu seiner Zeit.«

Alex schaute ihn fragend an, doch Silvan zwinkerte ihr nur fröhlich zu.

Sascha stellte eine Pfanne Risotto auf den Tisch. »Buon appetito! Ich hoffe, ihr könnt den Anblick vom Geschmack unterscheiden, die Sache sieht etwas komisch aus.«

Dem widersprach niemand, aber es schmeckte tatsächlich ausgezeichnet.

Nach dem Essen ging Sascha in die Küche um abzuwaschen und Pascal bot ihm seine Hilfe an. Er zwinkerte Alex beim Hinausgehen zu: »Damit wir unsere Ruhe haben«, und schloss die Küchentür hinter sich.

Kaum waren sie allein, wusste Alex schon wieder nichts zu sagen. Nervös rieb sie ihre Handflächen gegeneinander.

»Schon was vor, morgen?«, fragte Silvan.

Sie schaute ihn überrascht an.

»Klar, die Party.«

»Ich meine vorher. Ich fahre zum Teich und dachte, vielleicht hast du Lust, mitzukommen.«

Ihr Herz machte einen großen Sprung. »Ja, gerne. Das heißt, ich weiß nicht, Chess und Lukas kommen am Nachmittag.«

»Schade.«

Andererseits würde Chess verstehen, wenn sie etwas später kam.

»Wann fährst du denn hin?«

»Hm – gegen Mittag?«

»Das geht, ich seh die zwei ja ohnehin später.«

»Sehr gut. Ich hol dich ab. Sagen wir halb zwölf?«

»Okay.«

Als die drei im Übungsraum verschwunden waren, rief sie Chess an.

»Hör mal zu: Ich kann euch morgen nicht abholen.«

»Musst du auch nicht.«

»Dachte ich mir. Ihr könnt schon zu mir gehen, Pascal und Sascha sind bestimmt da und Katja kann sicher auch etwas früher kommen.«

»Nein, ich meinte nicht, dass es mir nichts ausmacht. Ich kann nicht kommen. Lea spinnt völlig. Ich bin gestern lächerliche dreiundvierzig Minuten zu spät nach Hause gekommen und sie ist beinahe ausgerastet. Hausarrest das ganze Wochenende.«

»Das kann doch nicht wahr sein!«

»Tut mir echt Leid. Wir haben uns so auf deine Party gefreut. Diese Mütter! Aber das kennst du ja auch.«

»Allerdings. Ist aber wirklich daneben, ausgerechnet dieses Wochenende.«

»Finde ich ja auch. Aber sag mal, warum hättest du uns denn nicht abgeholt? Was ist wichtiger als deine beste Freundin?«

»Dreimal darfst du raten. Aber ich sagte nichts von wichtiger. Eher rarer.«

»Also, ich rate: Silvan?«

»Genau!«

»Was habt ihr vor?«

»Wir fahren wieder zum Teich.«

»Wie romantisch!«

»Drück mir bloß die Daumen, dass mir irgendetwas Interessantes in den Sinn kommt.«

»Vielleicht genießt er ja gerade, dass du nicht dauernd quasselst?«

»Ich quassle?«

»Nein, eben nicht.«

»Ich weiß nicht.«

»Ich drück dir jedenfalls die Daumen. Halt mich unbedingt auf dem Laufenden. Du erreichst mich das ganze Wochenende. Nonstop!«

»Du Ärmste. Aber ich bin sicher, dass du deinen Lukas hereinschmuggeln kannst.«

»Denk ich auch, Lea wird mich wohl nicht ununterbrochen bewachen können. Aber das wird wieder eine Stange Geld kosten, Kevin zu bestechen. Der ist schon ein richtig cleverer Geschäftsmann.«

Alex lachte. Nach einer Weile verabschiedeten sie sich und Alex ging in ihr Zimmer.

An Schlafen war nicht zu denken. Sie war vollkommen aufgeregt, wenn sie an morgen dachte. Eine Verabredung mit Silvan! Damit hätte sie nun wirklich nicht gerechnet. War zwar nur eine Nachmittagsverabredung, aber vielleicht wurde mehr draus. Vielleicht kam er ja zur Party. Immer wieder machte sie das Licht an und warf einen Blick auf das Foto der Band.

In der Nacht hatte sie einen entsetzlichen Traum. Sie träumte, dass sie mit Chess, Silvan, ihren Eltern, Clara, Katja, Sascha und Pascal auf dem Flughafen war und alle außer ihr stiegen in dasselbe Flugzeug. Sie klammerte sich immer wieder an jemanden, aber sie konnte niemanden zurückhalten. Als das Flugzeug wegflog, trug es einen großen Anhänger mit sich, und als sie den Mann vom Zoll fragte, was da drin sei, antwortete er: »Irgend so ein Stück Wald mit einem kleinen Teich.«

17

Alex fühlte sich allein gelassen, als sie am Morgen erwachte. Sie duschte, zog sich an, und erst als sie die Treppe hinunterging und Pascal und Sascha sah, fühlte sie sich wohler.

»Du siehst ja grauenhaft aus«, sagte Sascha.

»Danke.«

»Sorry, so hab ichs nicht gemeint. Was ist denn los?«

»Nichts. Schlecht geträumt.«

»Was denn?«

»Irgendwas Blödes. Aber was tut ihr denn schon hier?«

»Schon? Es ist halb elf.«

Alex glaubte es erst, als sie auf die Küchenuhr sah. Sie frühstückte hastig.

»Gibts noch was zu tun für heute Abend?«

»Nein, wir haben alles im Griff. Gehst du weg?«

»Ja.«

»Wir fahren noch in die Stadt in ein paar Plattenläden. Sollen wir dich irgendwo absetzen?«

»Nein danke, ich werde abgeholt.«

»Na dann.« Und zu Pascal gewandt: »Sollen wir langsam los?«

Pascal nickte, und als er an Alex vorbeiging, umschloss er mit der rechten Hand seinen rechten Daumen und zwinkerte ihr zu.

»Geheimnisse?«, frage Sascha und schaute ihn von der Seite her an.

»Nur eines«, antwortete Pascal. »Jetzt aber los. Tschüs, Alex.«

»Bis dann.«

Alex ging in ihr Zimmer, zog einen anderen Pulli an, dann wieder aus, den nächsten an, wieder aus und das Ganze wiederholte sich etwa sieben-, achtmal, bis sie sich am Schluss für den ersten Pulli entschied. Sie kämmte ihr Haar und ging ins Wohnzimmer. Die halbe Stunde von elf bis halb zwölf kam ihr ewig vor.

Als es draußen hupte, sprang sie auf. Das Telefon klingelte. Sie blieb einen Moment stehen, entschied sich aber schon weg zu sein und verließ das Haus. Draußen saß Silvan im Auto, lehnte sich zur Beifahrertür und öffnete sie von innen.

»Morgen.«

»Hi«, antwortete Alex.

»Gut geschlafen?«

»Ja. Ich meine nein. Und du?«

»Auch. Ich meine auch nein. Ich habe grauenhaft geträumt.«

»Du auch?«

»Warum du auch?«

»Ja, einen ekelhaften Flughafentraum.«

»Sag bloß. Ich auch! Erzähl mal, vielleicht wars derselbe.«

»Ich weiß nur noch, dass ein Flugzeug mit einem Anhänger wegflog.«

»Und was ist unangenehm dran?«

»Ich wusste, was drin war.«

»Was war denn drin?«

Alex schüttelte den Kopf. »Und du?«

»Ich habe geträumt, dass lauter Leute mich auf dem Flughafen festhielten und nicht ins Flugzeug ließen. Am Schluss musste ich zusehen, wie es ohne mich wegflog.«

»Vielleicht wärs ja abgestürzt.«

Silvan sah sie von der Seite an. »Das nennt man positives Denken, was?«

»Könnte doch sein. Lieber ein Flugzeug verpassen als sonst etwas. Man weiß ja nie, was alles Schönes geschehen kann.«

»Kann sein, solange es dort geschieht, von wo das Flugzeug wegfliegt. Was aber, wenn es dort geschieht, wo das Flugzeug ankommt?«

Alex zuckte mit den Schultern. »Keine Ahnung. Es ist bloß so, dass der Flughafen in letzter Zeit nicht gerade mein Lieblingsort war.«

»Wegen deinen Eltern?«

»Auch.«

»Bei mir ists umgekehrt. Ich kann mir nichts Schöneres vorstellen, als von meinen Eltern wegzukommen. Ich verrate dir jetzt ein Geheimnis: Ich fliege nach Amerika.«

Alex tat erstaunt. »Amerika? Was machst du denn da?«

»Musik. Ich bin angenommen in Berkeley, das ist DIE Musikschule.«

»Ausgerechnet in Amerika?«

Er fuhr den kleinen Weg in den Wald hinein und stellte den Motor ab.

»Magst du Amerika nicht?«

Alex stieg aus und lehnte sich auf der Beifahrerseite gegen das Autodach. Sie stützte ihren Kopf auf ihre verschränkten Arme und Silvan tat dasselbe auf seiner Seite.

»Keine Ahnung. War noch nie da. Aber hier ist es doch auch schön.«

»Ich weiß.« Er schaute zu den Bäumen hoch und dann wieder zu Alex. »Hier ganz besonders. Aber was soll ich machen, hier komme ich doch nie auf einen grünen Zweig.«

»Bist du sicher?«

»Wer ist das schon je? Komm, lass uns gehen.«

Sie folgte ihm auf dem schmalen Pfad und wieder

war sie ganz hingerissen, als sie den kleinen Teich erblickte.

Silvan breitete die Wolldecke aus und diesmal wusste Alex, wie sie sich hinlegen musste. Silvan legte sich neben sie.

»Woran denkst du?«

»An dich in Amerika.«

»Denk doch an was Schöneres, wenn dir Amerika nicht gefällt.«

»Ich denke ja nicht nur an Amerika.«

Silvan drehte sich zur Seite und stützte seinen Kopf auf. Er schaute sie einen Moment lang ernst an, dann lächelte er.

»Irgendwie ist es auch schade, dass ich wegfahre.« Er drehte sich wieder auf den Rücken und betrachtete das kleine Stück Himmel zwischen den Baumkronen.

»Finde ich auch.«

»Wirklich?«

»Mhm.«

Sie wischte eine Ameise von ihrem Hals weg, und als sie die Hand wieder neben sich legen wollte, berührte sie Silvans Hand. Er umfasste mit seiner Hand ihre und hielt sie fest. Ein warmer Schauer durchfuhr ihren Körper.

Sie schwiegen beide und betrachteten den Himmel. Eine kleine Wolke zog von einer Baumkrone zur anderen.

»Ein Schaf«, sagte Silvan. Es stimmte, die Wolke hatte beinahe die Form eines Schafs. Es kamen zwei weitere Wolken, dann kam eine, die beinahe wie ein Herz aussah.

»Ein Herz«, sagte Alex.

»Ein gutes Zeichen«, erwiderte Silvan und drückte ihre Hand fester. Sie drückte ebenfalls und er fuhr ihr mit der Hand den Arm hinauf, ihren Hals entlang und hielt sie schließlich an ihre Wange. Sie hörte einen Moment auf zu atmen und plötzlich küsste er sie sanft. Er streichelte mit seiner Hand ihren Hals, küsste sie wieder und wieder. Am liebsten hätte sie die Welt angehalten, sie atmete schwerer und hoffte, der Moment würde niemals vorbeigehen.

Nach einer Weile löste er sich von ihr.

»Tut mir Leid.«

»Was tut dir Leid?«

»Alles. Ich wollte das nicht, echt.«

Alex kam sich vor, als hätte er sie geohrfeigt.

»Warum hast du es denn getan?«, frage sie gereizt.

»Ich wollte dich so sehr küssen.«

»Wolltest du nun oder nicht?« Sie ließ seine Hand los und legte ihre Hand auf ihren Bauch.

»Ja und nein. Ich meine, ich sagte ja, dass ich bald nach Amerika fahre.«

»Na und?«

»Na und?! Das macht den Abschied auch nicht gerade leichter.«

Dann schwiegen sie. Doch das Schweigen war nicht mehr dasselbe. Alex setzte sich auf.

»Lass uns gehen, bitte.«

»Bist du sauer?«

»Sollte ich nicht?«

»Weiß nicht.«

Er setzte sich auch auf, und als Alex aufstand und in Richtung Auto ging, packte er schnell die Wolldecke zusammen und folgte ihr.

Im Auto sprachen sie kein Wort. Erst als sie in die Stadt kamen, fragte er, ob er sie beim Bahnhof absetzen solle.

»Wieso Bahnhof?«

»Ich dachte, du müsstest wen abholen?«

»Nein. Nach Hause.«

Er fuhr zu ihrem Haus und stellte den Motor ab.

»Kommst du noch mit rein?«

»Nein.«

»Kommst du am Abend zur Party?«

»Mal sehen. Ich weiß noch nicht.«

»Na dann. Machs gut.« Sie knallte die Beifahrertür zu und ging ins Haus ohne sich umzudrehen. Als sie die Tür von innen verschloss, hörte sie das Auto wegfahren. Sie lehnte sich gegen die Tür und eine Träne rann ihr über die Wange.

Das Telefon klingelte. Alex streckte dem Telefon die Zunge raus und ging in ihr Zimmer. Sie legte sich aufs Bett, nahm das Foto aus der Nachttischschublade und legte es so aufs Kissen, dass ihre Tränen nicht drauffielen.

Nach einer Weile schloss sie die Augen und versuchte einzuschlafen. Sie schreckte auf, als jemand an ihre Tür klopfte.

»Was ist denn?!«

»Alex? Stör ich dich?«, fragte Pascal durch die Tür.

»Ja.«

»Sorry. Kommst du nachher runter? Wir bereiten ein paar Sachen für heute Abend vor und könnten Hilfe gebrauchen.«

»Mal sehen.«

»Alles okay?«

»Lass mich jetzt bitte in Ruhe.«

Sie hörte, wie sich die Schritte entfernten. Nach einer Weile ging sie ins Badezimmer und klatschte sich kaltes Wasser ins Gesicht.

Unten stand nur Pascal in der Küche.

»Wo ist Sascha?«

»Der musste nochmals schnell weg. Jetzt sag mal, was mit dir los ist. Du siehst ja noch schlimmer aus als heute Morgen!«

»Danke! Sag mir lieber, wobei ich dir helfen soll.«

Er deutete mit dem Finger auf Möhren und Peperoni. »Die da müssen geputzt werden, es gibt Quark dazu und dann haben wir noch Pistazien und Chips gekauft. Aber sag doch, was ist passiert? Ich dachte, du hättest was Schönes vor heute Nachmittag. Wo ist Silvan?«

»Frag nicht.« Sie verdrehte die Augen. »Männer sind wirklich das Allerletzte!«

»Finde ich nicht.«

»Was weißt denn du schon! Du bist auch nicht in einen verliebt.«

»Warum bist du dir da so sicher?«

Alex schaute ihn erstaunt an.

»Noch nie gehört, dass es das auch geben kann?«

»Du willst doch nicht sagen, du seist schwul?«

»Und wenn?«

»Ich weiß nicht. Ich meine, ist nichts dabei.«

»Warum bist du denn so erstaunt?«

»Na ja. Ich meinte ... Ich kenne bloß niemanden, der schwul ist.«

»O doch, das tust du.«

»Klar, sorry. Ich meine, außer dir.«

»Sicher?«

Alex überlegte einen Moment und nickte dann.

»Kein Schwuler in deiner Klasse? Oder in deiner Verwandtschaft?«

»Nicht dass ich wüsste.«

»Also wirklich. Bist du so naiv oder tust du nur so?«

»Ich sagte doch schon, dass ich nichts dabei finde. Aber deshalb muss doch nicht gleich ein Schwuler in meine Klasse gehen.«

»Oder Verwandtschaft.«

»So groß ist die gar nicht.«

»Hat nichts mit Größe zu tun.«

»Worauf willst du hinaus?«

Pascal sah sie prüfend an. »Komm schon. Denk mal nach.«

Alex dachte nach, aber ihre Großväter waren tot, ihre Onkel verheiratet, ihr Vater ebenfalls und viel mehr gabs da nicht. Außer Sascha. »Sascha?!!«

»Bingo!«

»Ist nicht dein Ernst!«

»Und ob!«

»Das glaube ich nicht. Sag bloß, ihr seid ein Paar!«

»Und dann noch was für ein hübsches, findest du nicht?«

Lachend umarmte Alex Pascal. »O ja, das kann man sagen. Aber echt, auf die Idee wäre ich nie gekommen. Also deshalb wolltest du nicht das Gästezimmer benützen. Und ich dachte, du schliefest auf der Couch!«

Pascal grinste. »Schockiert?«

Alex schüttelte den Kopf. »Nur erstaunt. Gratuliere!«

Pascal strahlte übers ganze Gesicht. »Danke.«

»Sag bloß, ich bin die Einzige, die nichts wusste.«

»Keine Bange, das geht den meisten so. Aber ich bin froh, dass du es nun weißt, da muss ich hier im Haus nicht mehr so tun, als seien wir nur Freunde. Silvan weiß natürlich auch Bescheid. Wenn man fast täglich Musik macht zusammen, kann man so was schlecht verbergen.«

»Aber Silvan ist doch nicht etwa auch –«

»Schwul?« Pascal prustete los. »Der doch nicht. Keine Angst, der ist stockhetero, der ließe sich nicht im Traum rumkriegen von einem Kerl. Aber das solltest du doch wissen. Mir scheint, als hätte er ein Auge auf dich geworfen.«

Alex drehte sich wieder zum Küchentisch um und schälte weiter Möhren.

»Und wenn schon. Außerdem fliegt er ohnehin bald nach Amerika.«

»Eben. Bald. Jetzt ist er noch da.«

»Und wenn schon.«

»Wenn schon? Meinst du nicht, du solltest die Zeit bis zu seiner Abreise genießen, anstatt Trübsal zu blasen?«

»Sag das ihm.«

»Aha.«

»Nichts aha. Ich sagte doch, Männer sind das Allerletzte. Heteros jedenfalls.«

Pascal stupste sie in den Oberarm. »Komm schon, so schlimm sind sie doch auch wieder nicht. Kommt er heute Abend?«

»Woher soll ich das wissen?«

»Ich dachte bloß.«

Alex traute sich nicht nach Aline zu fragen. Sie hätte es nicht ertragen, wenn Pascal von ihr erzählt hätte.

18

Als das Telefon klingelte, ging Alex ran.

»Alex, Liebes.«

»Hi, Ma.«

»Wie gehts?«

»Gut.«

»Ist was?«

»Nein.«

»Komm schon, Liebes. Ich hör doch, dass irgendetwas nicht in Ordnung ist.«

»Hast du telepathische Kräfte?«

»Bitte, Liebes. Was ist los?«

»Nichts. Chess hat Hausarrest.«

»Oh, das ist aber schade. Kann sie nicht nochmals mit Lea sprechen?«

»Das fragst ausgerechnet du? Als ob man mit Hausarrest gebenden Müttern reden könnte.«

»Alexandra, bitte. Aber unternimm doch stattdessen etwas mit Katja.«

»Tu ich ja. Sie kommt auch zur Party.«

»Was für eine Party?«

»Nur eine kleine. Die Band, Katja und ich.«

»Welche Band?«

»Die von Sascha. Schon vergessen? Der wohnt auch hier.«

»Natürlich habe ich das nicht vergessen. Aber sag mal, hältst du das für eine gute Idee? Und hat Clara nichts dagegen? Ihr hört doch bestimmt laut Musik und so und ich habe dir nie erlaubt Partys zu feiern, wenn wir weg sind.«

»Du hast es aber auch nie verboten. Und überhaupt, was verreist ihr einfach und gebt eure Befehle durch?«

»Wir geben dir keine Befehle durch. Aber ich bin und bleibe deine Mutter, egal, wo ich mich aufhalte.

Und wenn das nun gerade Santiago de Chile ist, dann tun wir das auch für dich. Oder willst du, dass dein Vater zu Hause sitzt und keine Stelle mehr hat? Dass wir aus dem Haus ausziehen müssen, weil dein Vater kein Geld mehr verdient?«

»Oh, danke, vielen Dank, dass ihr das alles für mich tut. Ich bin überwältigt.«

»Alexandra, also wirklich. Du bist doch alt genug um das zu verstehen.«

»Aber nicht alt genug um ein paar Leute einzuladen, was? Oder um zu Chess zu fahren.«

»Lass uns jetzt nicht streiten. Wir vermissen dich doch so und wünschen, dass es dir gut geht.«

»Wünschen kann man viel.«

»Tut mir Leid, Alex. Sag, ist Clara da?«

»Nein, die ist ausgegangen. Am Abend ist sie wieder hier. Soll sie dich anrufen, wenn die Musik zu laut ist?«

»Liebes, sei nicht so aggressiv. Grüß Clara von mir. Jetzt möchte dein Vater noch mit dir sprechen, hörst du? Machs gut. Ich rufe morgen wieder an.«

»Pa?«

»Hallo, Alex. Wie gehts?«

»Na ja. Und dir?«

»Ähnlich. Obwohl, wir sind in einem sehr hübschen Hotel direkt am Meer. Die Umgebung ist zauberhaft. Ehrlich gesagt hab ich Heimweh. Aber wenn ich das vorhin richtig verstanden habe, bist du ganz froh, dass wir weg sind. Du gibst eine Party?«

»Nicht ich, wir. Sascha und die Band und ich.

Aber nur in kleinem Stil. Katja kommt noch und vielleicht laden die anderen noch wen ein. Ihr braucht aber keine Angst zu haben, wenn wir Clara zu laut sind, sagt sie es schon. Und überhaupt steigt die Party im Übungsraum.«

»Das klingt vernünftig. Ist sie da – Clara?«

»Nein, im Moment nicht. Soll ich ihr was ausrichten?«

»Ja, schöne Grüße. Jetzt muss ich langsam Schluss machen. Habt ein hübsches Fest und übertreibt es nicht. Machs gut, Liebes.«

»Okay, tschüs, Pa.«

Sie legte den Hörer auf und setzte sich an den Tisch. Als es an der Tür klingelte, warf sie erst einen Blick in den Spiegel, bevor sie an die Tür ging. Sie hatte keine Ahnung, was sie zu Silvan sagen sollte und ob er sauer auf sie war.

Als sie öffnete, stand Katja mit Gregor draußen.

»Hi, Alex. Du hast doch nichts dagegen, dass ich noch wen mitgebracht habe?«

Alex schüttelte den Kopf. »Nein, kommt rein. Die andern sind im Übungsraum.«

»Schön, dich wieder zu sehen«, sagte Gregor. Er reichte ihr eine Kassette. »Unser Mitbringsel. Ich hoffe, die Musik gefällt dir.«

»Danke.«

Pascal steckte den Kopf zur Tür rein.

»Hallo zusammen, was haltet ihr davon, wenn wir nach unten gehen? Wir haben die Getränke schon da.«

Sie folgten Pascal in den Übungsraum. Dort hingen Girlanden, Snacks waren bereitgestellt und eine Platte aufgelegt. Auf ein paar Stühlen saßen Freunde von Pascal und Sascha, die er Alex, Katja und Gregor vorstellte.

»Wow«, staunte Katja. »Das sieht ja fantastisch aus.« Sie ließ sich aufs alte Sofa fallen und zog Gregor neben sich. Er küsste Katja und Alex war erleichtert, dass Gregor nicht ihretwegen mitgekommen war.

Silvan war nicht da. Alex wäre am liebsten wieder nach oben gegangen. Katja und Gregor schienen sich bestens zu vergnügen miteinander, Pascal und Sascha unterhielten sich mit ihren Freunden und sie stand allein im Raum und lutschte lustlos an einer Möhre.

»Alex, alles klar?«, fragte Pascal.

»Seh ich so aus?«

»Willst du eine ehrliche Antwort oder eine höfliche?«

Alex lachte.

»Also jetzt siehst du schon entschieden besser aus. Und in einer halben Stunde strahlst du bestimmt noch mehr.«

»Kommt er?«

Pascal nickte.

»Allein?«

»Keine Ahnung. Aber die Hauptsache ist doch, dass er kommt.«

Alex war nicht gerade dieser Meinung, aber die

Aussicht auf einen Abend ohne Silvan war auch nicht gerade erhebend.

Genau eine halbe Stunde später klingelte es und Sascha ging zur Tür. Silvan kam herein mit einer hübschen Begleiterin. Sie küsste Sascha zur Begrüßung auf die Wange, dann küsste sie Pascal auf die Wange und begrüßte die anderen.

Sie kam geradewegs auf Alex zu und lächelte ihr zu. »Und du musst Alex sein.« Sie streckte ihr fröhlich die Hand entgegen.

Alex bekam kein Lächeln zustande. »Ja. Dann musst du Aline sein.«

»Aline? Wie kommst du denn darauf?«

Alex errötete leicht. »Entschuldige, muss wohl etwas verwechselt haben.«

»Ich bin Michelle, Silvans Nachbarin. Er hat mir schon eine Menge von dir erzählt.«

»Hat er das?«

»Keine Bange, nur Gutes. Schau, da kommt er ja.«

Silvan kam auf die beiden zu, legte Alex die Hand auf die Schulter und küsste sie auf die Wange.

»Hi, alles klar?«

Alex nickte.

Sie war froh, als Michelle sie nach dem Telefon fragte.

»Oben. Warte, ich zeigs dir.« Sie ließ Silvan stehen und Michelle folgte ihr.

»Sorry, aber ich muss unbedingt meinen Freund anrufen und ihm die genaue Adresse angeben, er kann erst später kommen. Welche Hausnummer ist das?«

»Siebenundzwanzig.«

Michelle klang ein wenig aufgeregt, als sie telefonierte, und als sie den Hörer auflegte, tat sie, als ob sie sich den Schweiß von der Stirn strich.

»Ist noch ein ziemlich neuer Freund«, erklärte sie. »Kaum lernt man einen Neuen kennen, führt man sich wieder auf wie eine Dreizehnjährige. Dabei werde ich nächste Woche siebzehn. Wie alt bist du?«

»Fünfzehn.«

»Dann kennst du das ja.«

Alex nickte vage. Sie öffnete die Tür und führte Michelle wieder hinunter in den Übungsraum. Michelle war ihr auf Anhieb sympathisch. Nicht nur, weil sie nicht Aline hieß und einen Freund hatte, der nicht Silvan war.

»Ich schau mal, was der DJ so dabei hat«, sagte sie und ging zu Pascal hinüber. Alex blieb unentschlossen im Türrahmen stehen.

»Na?«, fragte Silvan.

»Na was?«

»Tanzen wir?«

Alex nickte und folgte ihm in die Mitte des Raums. Der Sound war gut und bald genoss sie es, zu tanzen. Als das Stück zu Ende war, fragte Silvan, ob sie weitertanzen oder eine Pause machen wolle.

»Tanzen.«

Es kam ein langsames Stück. Silvan schloss Alex in seine Arme und sie tanzten eng umschlungen.

Alex wünschte, dass das Lied nie zu Ende ginge, und als es fast übergangslos in ein anderes langsames Stück überging, warf sie über Silvans Schulter einen Blick zu Pascal, der ihr aufmunternd zuzwinkerte.

Silvan holte etwas zu trinken und sie standen schweigend nebeneinander. Ein Gespräch wäre auch nicht möglich gewesen, dazu war die Musik zu laut.

Pascal unterbrach die Musik und kündigte XXL an.

»Ich fürchte, der meint uns.«

»Na dann, bin schon längst gespannt, was ihr draufhabt.«

»Wir wollten aber erst später spielen. Sind doch noch nicht alle da.«

»Meinst du Aline?«

»Welche Aline?«

»Wer ist sonst noch nicht da?«

»Ein paar von der Uni zum Beispiel und Michelles neuer Freund. Wer ist Aline?«

Alex schaute ihn erstaunt an. »Ich dachte ... ich weiß nicht, Pascal hat doch an jenem Abend gesagt, du hättest was mit Aline.«

Silvan prustete los.

»Die kommt gleich, warte nur.«

Pascal saß bereits hinter dem Schlagzeug, Sascha stand da mit seiner Bassgitarre und Silvan holte ebenfalls eine Gitarre hervor und stellte sich hinters Mikrofon.

Er hatte eine wunderbare Stimme, auch übers Mikrofon. Erst coverten sie alte Balladen, bevor sie ein paar ihrer eigenen Lieder spielten.

Silvan stand auf der Bühne und sah Alex direkt in die Augen. »Das nächste Stück widme ich allen Verliebten«, kündigte er an. »Es heißt *Aline.*«

Sprachlos schaute Alex ihn an. Wie hatte sie bloß denken können, das sei seine Freundin?! Dabei wusste sie doch, dass er die Songtexte schrieb! Natürlich wars um den Text gegangen.

Silvan nahm das Mikro in die Hand und begann zu singen:

Aline

Es ist spät, es ist Nacht,
ich habe nachgedacht,
du bist mein Sternbild,
das am Himmel fehlt.

Aline

Ohne dich weiß ich nicht wohin,
weiß ich nicht, wofür und bis wann,
bin ein leeres Boot, bin in Seenot
und bin irgendwie irgendwo.

Ich schiebe Nachtschicht,
stundenlang,
weil der Tag ohne dich
ohne mich bleiben kann

Aline

Ohne dich weiß ich nicht wohin,
weiß ich nicht, wofür und bis wann,
bin ein leeres Boot, bin in Seenot
und bin irgendwie irgendwo.

Der Applaus war umwerfend, man hätte meinen können, im Raum wäre ein Riesenpublikum. Sascha ging wieder an den Plattenspieler und legte eine neue Platte auf.

»Na?«, fragte Silvan, als er wieder neben Alex stand. »Alles klar?«

»Und ob. Das war wunderschön.«

»Das bist du auch.«

Alex errötete. Sie verstand nicht, was Silvan als Nächstes sagte, die Musik war zu laut.

Silvan nahm sie bei der Hand und führte sie aus dem Übungsraum ins Wohnzimmer. Er setzte sich auf die Couch und zog Alex neben sich. Er küsste sie und sie lehnte ihren Kopf an seine Schulter.

Lange Zeit saßen sie schweigend auf der Couch und Silvan streichelte sanft ihre Arme.

»Wärst du mir doch bloß früher begegnet.«

Alex schaute ihn an.

»Ist ein schlechtes Timing, jetzt, wo ich wegfahre.«

»Dann bleib hier.«

»Kann ich nicht. Was soll ich denn hier?«

»Das fragst du?«

»So mein ich das nicht. Aber versteh doch, ich gehe nicht zurück an die Uni und ansonsten gibt es nicht viel zu tun für mich.«

»Trotzdem.«

»Ich weiß. Es tut mir doch auch Leid. Aber es tut mir nicht mehr Leid, dass ich dich geküsst habe.« Er küsste sie wieder.

Ihr ganzer Körper bebte. Er strich ihr den Rücken entlang und berührte mit seiner Hand ihre Brüste. »Du bist so wunderbar, Alex«, flüsterte er.

Alex schloss die Augen, genoss die Liebkosungen und strich mit den Händen durch sein Haar.

Beide schreckten auf, als die Tür aufging.

»Oh, tut mir Leid, ihr zwei. Stör ich?« Sascha stand etwas ratlos in der Tür.

»Allerdings«, gab Silvan zurück und beide grinsten.

»Ich wollte nur Nachschub holen. Bin auch schon wieder weg.«

»Scheint nicht gerade ein guter Platz zu sein. Gibts hier auch ungestörtere Räume?«

Alex wusste nicht so recht. Natürlich hätten sie in ihr Zimmer gehen können, aber irgendwie schien ihr das ein wenig zu schnell. Obwohl sie sehr erregt war und nichts lieber getan hätte, als mit ihm zu schlafen.

»Verstehe«, sagte Silvan. »Bin ich zu schnell?«

»Ja und nein.«

»Was sollen wir tun? Zurück zur Party oder ziehen wir uns einen Hollywoodstreifen rein?«

»Du willst fernsehen?«

»Warum nicht? Ist ruhiger hier als unten und ehrlich gesagt gefällts mir besser, mit dir allein zu sein.«

»Von mir aus können wir gerne fernsehen.« Sie langte nach der Fernbedienung. Sie probierten ein paar Kanäle, auf denen Filme liefen, und den romantischsten schauten sie sich an.

Silvan roch an ihrem Haar, streichelte ihre Schultern und Brüste und küsste sie aufs Ohrläppchen. Am liebsten hätte Alex zu atmen aufgehört, sie fühlte sich wie in einem wunderbaren Traum, aus dem sie nie mehr aufwachen wollte.

Durch die Werbung dauerte der Film fast zwei Stunden. Es war nach Mitternacht, als er fertig war.

»So, dann muss ich wohl langsam«, sagte Silvan, doch er machte keine Anstalten, aufzustehen.

»Schade«, sagte Alex.

»Soll ich hier bleiben?«

»Ich weiß nicht.«

»Schade.«

»Ich weiß wirklich nicht. Tut mir Leid. Ich will ja schon. Aber auch nicht.«

»Muss dir nicht Leid tun. Es war ein wunderschöner Abend und es ist bestimmt nicht der letzte.«

»Gehst du nochmals hinunter?«

»Nein, ich gehe gleich hier hinaus. Und du?«

»Ich gehe schlafen.«

Silvan stand auf und zog Alex hoch. »Na dann.« Er umarmte sie und küsste sie leidenschaftlich und an der Tür küsste er sie noch einmal. Er ließ ihre Hand erst los, als er schon draußen auf der Treppe stand. »Schlaf gut«, rief er ihr beim Weggehen zu.

Alex blieb in der Tür stehen, bis sie sein Auto nicht mehr sehen konnte.

Sie ging gleich zu Bett und stellte sich vor, wie es wäre, wenn er nicht gegangen wäre. Sie war sehr erregt. Sie fuhr mit der Hand an ihrem Körper entlang, wo Silvan über den Pulli gestrichen war. Sie bedauerte, dass sie ihn nicht zurückgehalten hatte. Wenn er jetzt nur neben ihr liegen würde! Sie streichelte sich selbst in den Schlaf und träumte dort weiter, wo sie aufgehört hatten.

19

Am Sonntag kam Alex vergnügt die Treppe herunter. Sascha und Pascal saßen beim Frühstück.

»Dir scheints ja blendend zu gehen«, grinste Pascal. »Gut geschlafen?«

»Und wie! Und ihr?«

»Na ja, viel Schlaf wars wohl nicht. Ging noch ziemlich ab, die Party.«

»Hör mir bloß auf«, sagte Sascha. »Hab ich vielleicht einen Kater.«

»Michelle hat übrigens nach dir gefragt«, sagte Pascal. »Dann hat sie nach Silvan gefragt und dann konnte sie sichs wohl ausrechnen. Ihr Freund kam nicht, deswegen ging sie bald nach Hause.«

»Schade. Warum kam ihr Freund nicht?«

»Vielleicht, weil Heteros das Allerletzte sind?«, schlug Pascal vor und Sascha grinste.

Alex machte eine wegwerfende Geste. »So meinte ich das doch nicht. Es gibt Ausnahmen.«

»Wo ist sie denn, deine Ausnahme?«

Alex errötete. »Zu Hause.«

Sie frühstückten zusammen, dann fuhr Alex ins Krankenhaus.

»Wie schön, dich zu sehen, Alex.«

Clara saß im Bett, die Verbände hatte man ihr abgenommen und sie sah schon wieder ganz fit aus.

»Oma, gut siehst du aus.«

»Ich fühle mich auch so. Du aber auch. Erzähl mir von deiner Party.«

»Sie war wunderbar.«

»Das glaub ich dir auf Anhieb. Wie geht es Chess?«

»Sie war nicht da. Hausarrest.«

Clara lachte. »Gibts das heutzutage noch?«

»Und ob. Gabs das bei euch schon?«

»Aber natürlich. Und das war ganz gut so, dadurch hat deine Oma ganz toll klettern gelernt, wenn sie doch mal außer Haus wollte. Das könnte ich eigentlich auch jetzt wieder tun, die lassen mich nämlich partout nicht nach Hause.«

Alex lachte. »Gute Idee mit dem Wegklettern.«

»Das meinte ich natürlich keineswegs in Bezug auf dich. Sag das bloß nicht Marlene. Sie verbietet mir glatt den Kontakt mit dir. Apropos Marlene: Hast du was gehört von ihr?«

»Ja, sie lassen dich beide schön grüßen. Sie haben mir aufgetragen, die Musik bei der Party leise zu stellen, damit wir dich nicht stören.«

»Das ist aber rücksichtsvoll, ich hab tatsächlich nichts gehört von der Musik. War sie laut?«

»Allerdings. So laut, dass Silvan und ich uns zurückgezogen und stattdessen einen Film angesehen haben.«

»Ihr habt ferngesehen?«

»Mhm.«

»So, so. Kaum lässt man die Kinder allein, schauen sie fern. Ist ja nicht zu glauben.«

»Es war der schönste Fernsehabend, den ich je erlebt habe.«

»Sag bloß, du bist verliebt in diesen Silvan.«

Alex strahlte.

»Wie hübsch. Das erstaunt mich nicht weiter, so sympathisch wie er ist. Aber das sind sie ja alle, unsere Jungs. Wie gehts den beiden anderen Turteltauben?«

»Turteltauben?«

»Liebes, das entgeht sogar einer alten Oma nicht, dass sich da zwei gefunden haben. Richtig schön ist das, ich habe Sascha noch nie so fröhlich gesehen. Aber jetzt ganz was anderes, Alex. Ich habe mir Sorgen gemacht.«

»Weshalb denn?«

»Ich meine, eine Party mit so vielen netten jungen Männern. Da sollte doch ein Erwachsener im Haus sein.«

»Sie sind doch so gut wie erwachsen. Silvan ist fast achtzehn.«

»Genau darum geht es. Da hätte vielleicht doch jemand da sein und nach dem Rechten schauen sollen.«

»Gar nicht nötig, lief alles glatt. Ich habe weder geraucht noch Alkohol getrunken und Sascha und Pascal sind alt genug dazu.«

»Das meine ich nicht. Wenn du dich verliebst, meine ich.«

»Was denn?«

»Du weißt schon. Stell dir vor, Marlene kommt nach Hause und du bist schwanger.«

Alex lachte. »Keine Angst, wir haben aufgepasst.«

Claras Augen weiteten sich.

»Ein Scherz. Ist nichts passiert. Und überhaupt weiß ich, wie man verhütet. Marlene war mit mir vor einem halben Jahr beim Frauenarzt und der hat mir ein Rezept für die Pille gegeben. Und dann gibts ja auch noch Präser. Keine Angst, Oma, echt. Und zudem geht das ja nicht gleich so schnell.« Obwohl sie das bedauerte, wenn sie an Silvan dachte.

»Na gut. Denk einfach bei allem, was du tust, daran, dass ich im Moment für dich verantwortlich bin. Auch wenn es vielleicht nicht gerade danach aussieht. Aber ich vertraue dir, Liebes.«

»Kein Grund zur Sorge, echt.«

Alex schwärmte ihrer Oma noch eine Weile von Silvan vor, bevor sie wieder nach Hause ging.

Das Telefon klingelte, als Alex gerade das Schulzeug hervorsuchte.

»Hallo?«

»Alex?«

»Hi, Ma.«

»Wie geht's dir?«

»Gut. Und euch?«

»Sehr gut. Es ist paradiesisch hier. Wie lief das Fest gestern Abend?«

»Gut. Wir haben die Musik so leise gestellt, dass Clara keinen Ton davon hörte.«

»Fein. Hast du die Schulsachen schon bereitgemacht?«

»Ich war grad dabei, als das Telefon klingelte.«

»Dann will ich dich nicht weiter stören dabei. Dein Vater lässt dich grüßen. Kann ich noch schnell Clara sprechen?«

»Hallo? Ma? Hallo, hörst du mich?« Sie legte den Hörer auf und ließ Claras Krankenhausapparat einmal klingeln.

Eine Viertelstunde später klingelte das Telefon erneut.

»Alex, Liebes, stell dir vor, jetzt ists passiert.«

»Was ist passiert?«

»Ich habe mich verschwatzt. Zuerst ging es noch. Ich konnte zwar nur schätzen, wie viele Leute bei deiner Party waren, aber Marlene hat sich mit meiner Antwort zufrieden gegeben. Dann hat sie mich gefragt, wie wir zurechtkommen miteinander, und stell dir vor, was ich gesagt habe! Ich habe ihr erzählt, wie aufmerksam du bist und dass du mich heute Morgen schon im Krankenhaus besucht hast.«

»O nein!«

»Doch. Tut mir wahnsinnig Leid, Liebes. Das ist mir so rausgerutscht. Ich scheine langsam senil zu werden.«

»Und?«

»Na ja, sie war nicht gerade hocherfreut, um es einmal so auszudrücken.«

»Was hat sie gesagt?«

»Gar nicht viel, ich glaube, damit hat sie nun wirklich nicht gerechnet. Aber ich habs ihr erklärt und deinem Vater auch.«

»War er sauer?«

»Nein, wo denkst du hin. Ich bin schließlich seine Mutter. Aber Sorgen macht er sich schon. Ich sagte dann, dass Sascha die Verantwortung trägt und dass er sehr verlässlich ist. Und das ist er ja auch.«

»Und jetzt, kommen sie früher nach Hause?«

»Ja. Das heißt, sie kämen ohnehin früher nach Hause. Am Donnerstag fliegen sie ab, also sind sie am Freitag zu Hause.«

»Mist, jetzt wos langsam schön ist allein.«

»Das klingt ja schon ganz anders. Aber irgendwann einmal geht die beste Zeit zu Ende.«

»Immerhin auch die schlechtere. Wann lassen sie dich denn gehen?«

»Donnerstag, so wie es aussieht. Ich werde also vor deinen Eltern wieder da sein.«

»Okay, dann machen wir am Donnerstag die erste kleine Willkommensfeier.«

»Da freu ich mich sehr drauf. Aber jetzt sollte ich langsam aufhören zu telefonieren, eine Schwester bedroht mich mit einer Spritze. Also machs gut, Alex.«

»Tschüs.«

Kaum hatte sie aufgelegt, klingelte das Telefon schon wieder.

»Hallo?«

»Alexandra!«

»Hi, Ma.«

»Kommt dir nichts Besseres in den Sinn? Sag mal, was glaubst du eigentlich? Ihr könntet da in Ruhe Feste feiern, während deine arme Großmutter im Spital liegt? Und kannst du mir sagen, weshalb wir nichts davon wussten?«

»Hat Oma das nicht schon getan?«

»Ich möchte es von dir hören.«

»Wir wollten bloß nicht, dass ihr euch Sorgen macht. Was ist denn daran so falsch?«

»Was daran falsch ist? Und wenn nun etwas passiert wäre?«

»Was hätte denn noch passieren sollen?«

»Liebes, wir machen uns einfach Sorgen. Bist du in Ordnung so allein?«

»Ja, mir geht es bestens. Sascha und Pascal sind ja noch da.«

»Wer ist Pascal?«

Mist! »Hmm, das ist einer aus der Band. Der übt jeden Abend hier.«

»Übt oder wohnt?«

»Übt. Ehrlich, das Gästezimmer ist unbenützt.« Was ja auch stimmte.

»Das will ich auch hoffen. Und wenn irgendwas ist, ruf uns bitte an, du hast ja unsere Nummer. Soll ich Katjas Mutter anrufen? Du kannst bestimmt bei ihnen wohnen, bis wir wieder da sind.«

»Nein, wirklich. Keine Sorge, Sascha kümmert sich sehr gut um mich.«

»Immerhin. Na dann, machs gut und erfolgreichen Start in der Schule morgen.«

Kaum hatte sie aufgelegt, klingelte das Telefon erneut.

»Hallo?«

»Alex?«

»Silvan?«

»Ja. Wo warst du denn den ganzen Morgen?«

»Nun sag bloß, du machst dir auch Sorgen.«

»Allerdings. Erst geht niemand ran und dann ist das Telefon dauernd besetzt.«

»Meine Eltern haben rausgekriegt, dass Oma im Spital liegt.«

»Shit! Und?«

»Na ja, erfreut waren sie nicht. Ich habe fast das Gefühl, dass sie es schlimmer finden, dass wir nichts gesagt haben, als dass Clara im Spital liegt.«

»Das hört sich bestimmt nur so an. Ich würde mir auch Sorgen machen, wenn ich deine Mutter wäre.«

»Bist du aber nicht.«

»Zum Glück nicht.«

»Allerdings.«

»Hast du schon was vor heute Nachmittag?«

»Nein und du?«

»Ich dachte an unser kleines Paradies. Hast du Lust?«

»Klar.«

»Schön. Ich hol dich in einer halben Stunde ab, okay?«

»Okay.«

Sie legte auf und ging in ihr Zimmer, da läutete das Telefon wieder. Diesmal ging sie nicht ran. Sie packte schnell ein paar Schulsachen zusammen und wartete dann im Wohnzimmer.

Als es klingelte, öffnete sie aufgeregt die Tür. Katja stand draußen.

»Ich stör dich doch nicht?«

»Ehrlich gesagt, eigentlich schon. Ich gehe gleich weg.«

»Wo warst du denn gestern?«

»Hier oben. Wir haben ferngesehen.«

»Wir?«

»Silvan.«

»Aha. Du hast eine riesige Party verpasst, war echt stark. Und die Band erst, die sind wirklich spitze.«

»Find ich auch. Besonders der Sänger!«

Katja lachte und Alex stimmte in ihr Lachen ein.

»Und du? Oder ihr?«

Katja wiegte genießerisch den Kopf. »Er ist sagenhaft.« Und schmunzelnd fügte sie »trotz der Haare auf dem Rücken« hinzu.

»Sag bloß, ihr seid euch so nahe gekommen.«

Katja blickte sie geheimnisvoll an, dann winkte sie ab. »Nicht ganz, leider. Und du?«

»Genauso.«

Wieder lachten beide.

»Dann will ich dich aber nicht weiter stören, Alex. Wir sehen uns ja morgen in der Schule.«

»Ja, bis dann.« Sie winkte Katja nach, als sie wegging.

Bald klingelte es wieder. Silvan stand mit einer roten Rose vor der Tür.

»Ist leider nur halb so schön.«

»Halb so schön wie was?«

»Wie wer, meinst du wohl.«

Eine halbe Stunde später lagen sie eng umschlungen auf der Wolldecke am Teich und Silvan summte leise die Melodie von Aline.

Ohne dich weiß ich nicht wohin,
weiß ich nicht, wofür und bis wann …

»Ich weiß wohin. Nach Amerika.«

»Ach, Alex. Ich weiß auch wofür. Auch wenn ich alles dafür gäbe, bei dir zu bleiben.«

»Dann tus doch einfach.«

Silvan schüttelte traurig den Kopf.

»Du kannst dich umentscheiden.«

»Geht nicht. Ist alles organisiert.«

»Wann fliegst du?«

»Das entscheidet sich nächste Woche. Ich denke, etwa in einem Monat.«

»Kannst du es nicht verschieben?«

»Ich fürchte nein.«

»Schade.«

»Ja und nein.«

»Wieso bleibst du nicht einfach hier?«

Silvan ließ ihre Hand los. »Das hatten wir doch schon.«

»Ich dachte, vielleicht hat sich was geändert.«

»Genau das ist es, was ich nicht wollte. Das hat echt nichts mit dir zu tun.«

»Gar nichts?«

»Versteh mich nicht falsch, Alex. Aber du kannst nicht von mir erwarten, dass ich meine Karriere sausen lasse. Das geht einfach nicht.«

»Und warum nicht?«

»Warum nicht? Weil ich hier keine Zukunft habe.«

»Hast du noch nie daran gedacht, dass es noch andere Möglichkeiten gibt, als Berufsmusiker zu werden?«

»Das ist keine Frage der Möglichkeiten, das ist auch eine Frage der Begabung. Glaub mir, als Maurer tauge ich nichts.«

»Muss ja nicht das sein. Etwas anderes halt. Schallplattenverkäufer zum Beispiel.«

Silvan sah sie fassungslos an. »Das kann ja wohl nicht dein Ernst sein. Ich soll Schallplatten verkaufen, anstatt welche zu machen? Klingt nicht nach einer guten Alternative.«

»Dann sonst was. Es gibt doch so vieles, was man tun kann.«

»Bitte, Alex. Lassen wir das. Genießen wir doch einfach die Zeit, die wir noch haben.«

Er hatte ja Recht. Irgendwie. Natürlich wollte Alex nicht seine Karriere ruinieren, aber so weit war er ja noch nicht. Es musste doch noch andere Musikerschulen geben, die nicht gleich so weit weg waren. Ihre Eltern in Südamerika, Silvan in Nordamerika und was sollte Alex hier noch tun?

»Du kannst mich besuchen.«

»Womit soll ich das bezahlen? Meine Eltern lassen mich nie nach Amerika.«

»Wieso nicht? Du bist doch immerhin bald sechzehn.«

»Bald. Und so viel Taschengeld krieg ich in zehn Jahren nicht.«

»Wenn ich ein paar Konzerte mache, schick ich dir ein Ticket.«

»Meinst du, du wirst so schnell Erfolg haben?«

»Kann doch sein. Und sonst besorgen wir uns einen E-Mail-Anschluss und können uns jederzeit mailen.«

»Ersetzt ja nicht gerade alles.«

»Das stimmt.« Er küsste sie.

Alex wollte ihn nicht gehen lassen. Nicht auch noch ihn.

20

»Alex?«

Alex stand vor einem Schaufenster und drehte sich um.

»Hi, Michelle.«

»Wie läufts?«

»Na ja, nicht so toll. Und bei dir?«

»Geht so. Wartest du auf jemanden?«

»Nein. Ich schau mich langsam nach einem Abschiedsgeschenk für Silvan um, aber wie soll ich ein Abschiedsgeschenk finden, wenn ich gar keinen Abschied will?«

Michelle legte ihr den Arm um die Schulter.

»Das dauert ja noch ein paar Wochen. Aber ich kann dich gut verstehen. Ich will ja auch nicht, dass er wegfährt. Wer gibt mir denn dann so gute Alibis?«

»Alibis?«

»Ja. Unsere Eltern sind befreundet, und wenn ich mal länger weg will, sag ich einfach, Silvan sei mit dabei. Das klappt immer.« Sie grinste.

»Das ist bei meinen Eltern nicht so. Seit sie wieder da sind, sind sie ziemlich komisch drauf. Und auf den Namen Silvan reagieren sie wie auf ein rotes Tuch. Sie finden ihn zu alt für mich und außerdem meinen sie, dass eine Beziehung keine Zukunft hat, wenn er in Amerika ist. Dabei fliegt doch mein Vater bald nach Chile.«

»Er wandert also tatsächlich aus? Und deine Mutter?«

»Das frag ich mich auch. Sie bleibt noch hier, bis ich mit der Schule fertig bin. Aber die ohne meinen Vater? Kann ich mir schlecht vorstellen.«

»Komm, lassen wir das leidige Thema. Hast du Lust, was trinken zu gehen?«

Alex nickte und Michelle hängte sich bei ihr ein.

Sie gingen in eine nahe gelegene Cafébar und bestellten Milchshakes.

»Wie läufts mit deinem Freund?«

»Blendend. Ist aber nicht mehr derselbe wie der, von dem ich dir neulich auf deiner Party erzählt habe. Simon heißt er.«

»Wie sieht er aus?«

»Klein, dick, Glatze und Hornbrille.« Sie prustete los. »Nein, im Ernst: wun-der-bar.«

»Wann wandert er aus?«

»Ich würde ihn eher an mich ketten als gehen lassen.«

»Kannst du mir die Ketten leihen, solange du sie nicht brauchst?«

Beide prusteten los.

»Ach, Alex. Es dauert doch nur ein paar Monate, vorerst.«

»*Nur* ist gut. Das ist doch eine halbe Ewigkeit. Und so wie er aussieht, hat er doch bestimmt bald eine neue Freundin in Amerika.«

»Unterschätz ihn mal nicht. Er ist sehr treu.«

»Woher weißt du das?«

»Komm schon, ich kenne ihn, seit wir Kinder sind. So verliebt wie in dich war er noch nie. Der nimmt sich nicht gleich die Erstbeste in Amerika, nur weil es ihm langweilig ist allein.«

»Trotzdem.«

»Ich weiß, das ist ein schwacher Trost. Aber immerhin hat er seine Abreise einen ganzen Monat verschoben.«

»Hätte er das nicht getan, käme er schneller wieder nach Hause.«

»Warte doch erst einmal ab, vielleicht geschieht ja noch ein Wunder.«

»Wunder geschehen nicht.«

»Nicht oft, zugegeben.«

In dem Moment vibrierte Alex' Handy.

Vielleicht gab es doch Wunder. Ein kleines war ja schon, dass Alex ein Handy geschenkt bekommen hatte von ihrem Vater. Sie drückte ein paar Tasten um die Mitteilung zu lesen.

»Von ihm.«

»Und, was schreibt er?«

Alex begann zu lesen und errötete prompt.

»Privat, verstehe«, schätzte Michelle.

Alex nickte. »Aber nichts von hier bleiben, fürchte ich.«

21

»Alex, Telefon für dich.«

Marlene reichte ihr den Hörer. »Aber nicht zu lange, ich erwarte auch noch einen Anruf.«

»Hallo?«

»Alex? Hi, Chess hier.«

»Endlich. Wo hast du die ganze Zeit gesteckt?«

»Puh, hör mir bloß auf. Lea macht mir zurzeit die Hölle heiß. Aber sag mal, wie wars gestern?«

»Grauenhaft. Ich sage dir, wenn ich genügend Sprengstoff hätte, würde ich den Flughafen glatt wegsprengen.«

»So schlimm?«

»Bei mir gings ja noch so. Aber meine Mutter war total down. Ich meine, ich kanns ja verstehen, geht mir bald ähnlich.«

»Fliegt er tatsächlich?«

»Klar fliegt er. Das hat er doch von Anfang an gesagt, dass er meinetwegen nicht hier bleibt.«

»Muss ja nicht deinetwegen sein. Er könnte auch einfach seinetwegen bleiben.«

»Finde ich auch, aber langsam traue ich mich gar nichts mehr zu sagen. Ich will am Ende nicht schuld sein, wenn er keinen Erfolg als Musiker hat.«

»Ist ja nur für ein halbes Jahr.«

»Chess! Weißt du, wie lange so ein halbes Jahr dauert?«

»Sechs Monate?«

»Eine Ewigkeit!«

»Ich weiß. Es tut mir so Leid für dich. Dabei seid ihr wirklich ein Traumpaar. War schön, dass er am letzten Samstag auch mitkam. Schade bloß, dass er nicht hier übernachten durfte. Lea ist ja so was von altmodisch.«

»Nicht nur Lea. Marlene hat ja auch erst geglaubt, dass er nicht dort übernachtet hat, als Lea es ihr erzählt hat. Seit ich mal gesagt habe, am liebsten würde ich schwanger, weil er dann kaum mehr wegfahren könnte, nervt sie dauernd rum von wegen Verhütung und dass ich zu jung sei. Und überhaupt, ich weiß schließlich selbst, wie man schwanger wird und wie nicht.«

»Ich auch.«

»Natürlich du auch.«

»Ich meine, ich habs probiert.«

»Schwanger werden?«

»Nein, das doch nicht.«

»Du meinst, du hast ...«

»Genau.«

»Chess, im Ernst?«

»Ja!«

»Erzähl doch. Wie wars?«

»1a.«

»Komm schon!«

»Es war umwerfend. Und hat kein bisschen wehgetan.«

»Echt? Wo habt ihrs denn getan?«

»Bei ihm. Hier geht ja so was nicht. Würde doch im besten Moment Kevin reinplatzen oder am Ende gar Lea. Sein Vater musste für ein paar Tage wegfahren. Ich ging nach der Schule zu ihm. Wir haben ein wenig Musik gehört, geküsst und so – und plötzlich wars so weit. Wir wollten es beide so sehr.«

»Du bist vielleicht zu beneiden!«

»Das finde ich auch, ehrlich gesagt. Heute tun wirs wieder, ich hab Lea gesagt, wir hätten ein Schachturnier im Klub. Ach, Alex. Er ist ja so was von wunderbar.«

»Und fliegt nicht nach Amerika.«

»Zum Glück nicht. Ich weiß nicht, was ich tun würde.«

»Meinst du, ich soll es auch tun, bevor er fliegt? Als Abschiedsgeschenk sozusagen?«

»Willst du denn?«

»Ich weiß nicht. Mal finde ich ja, mal finde ich, es ist noch zu früh. Aber wenn ich daran denke, dass er bald für ein halbes Jahr wegfliegt, ich meine, in diesem halben Jahr käme es doch bestimmt einmal so weit. Es tut gar nicht weh, sagst du?«

»Nein. Er war ganz sanft.«

»Habt ihr einen Gummi benützt?«

»Klar. Ich gehe doch kein Risiko ein.«

»Und das ging gut?«

»Ja. Er hatte ja auch schon Erfahrung.«

»Ich wette, Silvan hat es auch schon gemacht.«

»Ist doch gut so, dann weiß wenigstens einer, wies geht.«

»Stimmt, so kann mans auch sehen. Ich sag dir jedenfalls Bescheid, wenns so weit ist.«

»Unbedingt. Du bist schließlich auch die Erste, der ichs erzählt habe. Au, Mist, Lea kommt, jetzt sollte ich wohl auflegen. Die muss das ja nicht gleich mitkriegen.«

»Na gut. Halt mich aber auf dem Laufenden.«

»Klar, ich ruf dich an. Machs gut.«

Alex legte den Hörer auf. *Hat sies also getan!*

»Wie geht's Jessica?«, fragte Marlene, als sie zur Tür reinkam.

»Blendend.«

»Klingt ja euphorisch. Erfolg in der Schule?«

Alex verdrehte die Augen. Mütterschlussfolgerungen! »Ja, Bestnote in Anatomie.«

»Toll. Sag mal, sollen wir heute ins Kino gehen? Du hast doch morgen schulfrei.«

»Geht nicht. Ich bin mit Silvan verabredet.«

»Schon wieder?«

»Bitte, Ma. Er reist bald ab. Das solltest ausgerechnet du doch verstehen.«

»Das ist wohl nicht ganz dasselbe, schließlich bin ich mit deinem Vater verheiratet.«

»Dazu haben wir leider keine Zeit mehr, bevor er fliegt.«

»Das wäre ja noch schöner, Alex. Aber bist du wenigstens morgen fürs Kino zu begeistern?«

»Morgen ist Samstag.«

»Samstag ist doch ein guter Tag fürs Kino.«

»Ma, echt. So viele Samstage haben wir nicht mehr.«

»Vielleicht wärs ganz gut, wenn du jetzt schon zwischendurch einen Abend ohne ihn verbringen würdest.«

»Zwischendurch einen Abend? Was habe ich denn die letzten beiden Abende getan?«

»Du musstest ja auch zur Schule.«

»Eben. Und heute und morgen ist das anders. Bitte. Wir können immer noch ins Kino, wenn er weg ist.«

»Na gut.«

22

Um sieben stand Silvan vor der Tür. Alex' Augen füllten sich mit Tränen. Er küsste sie auf den Mund. »Was ist denn los?«

»Nichts. Ich musste nur grad daran denken, dass dies vielleicht der drittletzte Freitag ist, an dem du vor meiner Tür stehst.«

»Pssst.« Er hielt den Zeigefinger an seine Lippen. »Dann lass uns ihn genießen. Gehen wir?«

»Okay.« Sie zog die Türe hinter sich zu.

Im Auto schwiegen sie beide, und als sie in den Klub kamen, war es auch viel zu laut um zu sprechen. Alex war froh drum, sie hätte ohnehin nicht viel sagen mögen, außer er solle hier bleiben.

Sie tanzten den ganzen Abend, und als die Musik langsamer wurde, zog Silvan Alex immer enger an sich. Er strich mit seiner Hand über ihren Rücken und küsste sie auf den Hals. Als sie die Tanzfläche verließen, glänzten seine Augen.

»Ist was?«, fragte Alex.

Er schüttelte den Kopf. »Ach, Alex!«

»Machen wir einen Spaziergang?«

Silvan nickte. Sie gingen nach draußen, der Himmel war voller Sterne. Sie spazierten zum Fluss und setzten sich auf eine Bank.

Silvan hielt den Arm fest um Alex.

»Wirst du auf mich warten?«

Alex nickte. »Versprochen. Und du?«

»Ich kanns jetzt schon kaum erwarten, wieder hier anzukommen. Glaub mir, es fällt mir gar nicht leicht, abzureisen. Zumindest nicht, wenn ich an dich denke.«

»Immer noch Ärger mit deinem Vater?«

»Und ob. Das heißt, wir streiten uns inzwischen nicht mehr, sondern ignorieren uns. Aber viel besser ist das auch nicht.«

»Kann ich mir vorstellen.«

»Ich fürchte, wir müssen langsam nach Hause. Sonst verbietet dir deine Mutter endgültig den Kontakt mit mir.«

»Keine Chance. Aber es ist wirklich besser, wenn ich heute pünktlich heimkomme.«

Im Moment, als sie aufstanden, fiel eine Sternschnuppe vom Himmel.

»Alex, hast du das gesehen?«

Sie nickte. Beide schlossen die Augen und Silvan drückte fest ihre Hand.

In Marlenes Zimmer brannte noch Licht.

Silvan brachte Alex zur Tür.

»Schlaf gut.« Er küsste sie sanft. »Sehen wir uns morgen?«

»Natürlich. Kommst du vorbei?«

»Ja. Dreizehn Uhr?«

»Okay. Bis dann.«

Sie schloss die Tür auf, küsste ihn nochmals.

Alex träumte, ihr Vater sei mit dem Flugzeug abgestürzt. Bei der Beerdigung lag Silvan im Sarg. Alex schwitzte, als sie erwachte.

Marlene sah auch nicht viel besser aus.

»Hast du was von Pa gehört?«

»Ja, er hat gestern Abend angerufen. Er hat Heimweh.«

»Kann ich verstehen.«

»Er fehlt mir so.«

Alex strich ihrer Mutter mit der Hand über den Rücken und Marlene drehte sich um und nahm sie in die Arme.

»Ach, Liebes.«

Dann wischte sie sich energisch eine Träne von der Wange. »Aber lass uns jetzt nicht Trübsal blasen. Machst du die Milch warm, ich decke den Tisch.«

Sie trug drei Teller, drei Messer und drei Tassen ins Wohnzimmer.

Alex lachte.

»Was ist?«

Alex deutete auf das Geschirr. »Kriegen wir Besuch?«

Marlene verdrehte die Augen und schüttelte den Kopf. »Schön wärs.«

»Das geht vorbei mit dem Falschdecken. Ist mir auch passiert, als ihr weg wart, und Clara hat sogar dauernd zu viel eingekauft, als Opa tot war.«

Marlene lachte nun auch. »Muss man sich auch erst daran gewöhnen, nur noch wir zwei. Ach, Liebes, vermisst du deinen Vater sehr?«

Alex nickte, auch wenn sie vor lauter Sorge um Silvans Abflug eigentlich kaum an ihren Vater gedacht hatte.

»Ich kann es kaum erwarten, ihn in den Ferien zu besuchen. Freust du dich?«

»Schon.« Alex nickte. Sie freute sich wirklich. Sie verpasste hier ja nichts, wo Silvan doch auch weg sein würde.

23

»Alex, dein Handy bewegt sich, was soll ich tun?«, rief Marlene.

»Nimms ab, bin gleich unten.«

»Wie denn?«

»Hab ich dir doch gezeigt. Oder lass nur, ich kann ja zurückrufen.«

Sie band sich ein Badetuch ums Haar und ging nach unten.

»Ist kein Anruf, sondern ein SMS.«

»Was in aller Welt ist ein SMS?«

»Eine Mitteilung. Hab ich dir doch erklärt.«

Sie drückte ein paar Tasten. Die Nachricht war von Silvan.

»Meinst du, ich sollte mir auch so ein Ding zulegen?«

»Warum das denn?«

»Damit ich auch Mitteilungen empfangen kann.«

Alex lachte. »Gute Idee, dann kann ich schreiben, wenn ich mal später nach Hause komme.«

»Ich dachte eher an deinen Vater.«

»Der wird dir kaum schreiben.«

»Warum nicht?«, fragte Marlene irritiert.

»Der hat doch auch nicht grad eine goldene Hand mit solchen Geräten.«

»Glaub bloß nicht, wir seien alt. Das sieht nur so aus.« Marlene ging in die Küche.

Natürlich waren sie alt. Da würde auch ein Handy nichts dran ändern.

Alex las auf dem Display: *Liebe A., good & bad news. Hol dich von der Schule ab, okay?*

Sie versuchte ihn gleich anzurufen, aber sein Gerät war nicht auf Empfang.

Good & bad news. Was das wohl bedeutete?

Alex dachte sich den ganzen Nachmittag gute und schlechte Neuigkeiten aus und kam bei *gut* immer zum Ergebnis, dass er nicht fahren würde. Doch da war immer noch das *schlecht.* Sie konnte sich kaum auf den Unterricht konzentrieren, immer wieder schaute sie zum Fenster hinaus und hoffte sein Auto zu sehen. Sie stellte sich vor, dass er nicht nach Amerika fahren würde, wenn sie ihn heranfahren sehen würde.

Sie sah sein Auto nicht. Sie sah es auch nicht, als sie aus dem Schulhaus trat. Sie setzte sich auf die Treppe und wartete eine halbe Stunde, doch er kam nicht.

Sie wollte ihr Handy prüfen, aber sie fand es nicht in ihrer Tasche. So ein Mist. Sie ging zurück ins Schulzimmer, doch auch da war es nicht. Über Mittag hatte sie es doch noch gehabt.

Genervt ging sie nach Hause.

Marlene war nicht da, das Handy ebenfalls nicht. Und auch Silvan nicht.

Alex wollte ihn anrufen, doch er hatte schon wieder keinen Empfang.

Sascha streckte den Kopf zur Tür rein.

»Hi. Alles klar?«

Alex schüttelte den Kopf. »Überhaupt nicht. Mein Handy ist verschwunden.«

»Das hast du davon, weil du das kleinste ausgewählt hast«, grinste er. »Vielleicht hat Marlene es aus Versehen eingepackt?«

Alex schüttelte den Kopf.

»Sag mal, weißt du, wo er steckt?«

»Wer?«

»Silvan.«

Sascha schüttelte den Kopf. »Keine Ahnung. Warum?«

»Nur so.«

Sascha nahm eine Flasche Mineralwasser und verschwand wieder.

Alex setzte sich neben das Telefon und wartete.

Als es endlich klingelte, schreckte sie auf. Atemlos hob sie ab.

»Hallo?«

»Alex, Liebes, hallo.«

Alex verzog den Mundwinkel. Marlene.

»Hör mal, mir ist etwas Dummes passiert. Ich hab aus Versehen dein Telefon eingepackt. Frag mich nicht, wie das in meine Handtasche kam. Es tut mir wirklich Leid.«

»Das darf doch nicht wahr sein!« Alex verdrehte die Augen. »Und?«

»Was und?«

»Waren Anrufe oder Nachrichten?«

»Keine Ahnung, ich habs erst grad entdeckt. Es klingelt ja nicht.«

»Dann schau schnell nach!«

»Wie denn?«

Alex verlor langsam die Geduld. Sie erklärte ihrer Mutter, was sie zu tun hatte. Tatsächlich war eine Nachricht drauf.

»Soll ich sie dir vorlesen?«

Alex schwankte. Natürlich wollte sie wissen, was drin stand, aber andererseits hatte sie überhaupt keine Lust, dass Marlene das auch wusste. Schließlich siegte die Ungeduld.

»Also, warte: Ein Briefchen leuchtet auf.«

»Ja, und?«

»Und was?«

»Öffne es einfach.«

Marlene drückte nochmals die Tasten. »Also: *Liebe A. Schaffs leider nicht bis vier Uhr. Kannst du bitte nach der Schule ...* Alex, jetzt ist es weg.«

Das konnte doch nicht wahr sein!

»Dann machs nochmals auf.«

»Geht nicht, sorry.«

»Was heißt geht nicht?«

»Jetzt ist das Briefchen nicht mehr da.«

»Das glaube ich nicht! Wie kann man nur so blöd sein!«

»Alexandra, bitte.«

»Gleichfalls bitte! Zum Beispiel bitte keine Handys

klauen oder bitte keine Mitteilungen löschen. Konntest du wenigstens lesen, wies weiterging?«

»Nein, tut mir wirklich Leid. Ich hab gelesen, so weit ich konnte. Aber ruf ihn doch einfach an.«

»Einfach anrufen, ja, klar, kein Problem. Grüß Oma schön von mir.«

Wütend legte sie den Hörer auf.

Was sie wohl hätte tun sollen nach der Schule?

Alex setzte sich wieder neben den Telefonapparat. Stundenlang, wie es schien. Nach einer Viertelstunde gab sie auf. Sie machte einen Tee. Als es an der Tür läutete, machte ihr Herz einen Sprung.

Sie rannte hin und öffnete die Tür, doch Pascal stand draußen.

»Ah, du. Komm rein.«

»Grad überwältigt vor Freude scheinst du nicht zu sein.«

Alex schüttelte den Kopf.

»Erwartest du wen?«

»Allerdings.«

»Wo ist er?«

»Wenn ich das wüsste.«

»Ärger?«

»Ja. Nein. Ich weiß nicht. Er hat mir ein SMS geschickt, aber meine schusslige Mutter hat erst mein Handy eingepackt und dann die Nachricht gelöscht.«

»Warum das denn?«

»Technik. Aber sag mal, hast du eine Ahnung, wo er stecken könnte?«

Pascal schüttelte den Kopf. »Er sagte bloß, dass er heute vielleicht nicht zur Probe kommt.«

»Warum denn nicht?«

Pascal zuckte mit den Schultern. »Hat er nicht gesagt. Aber mach dir mal keine Sorgen, der wird sich schon melden. Kann ich etwas Tee mit in den Übungsraum nehmen?«

»Fühl dich wie zu Hause.«

»Zu schade, dass deine Mutter wieder zurück ist aus Chile. Ich meine, war doch eine gute Zeit, als ich ein bisschen hier wohnte.«

Alex nickte. Allerdings war das eine gute Zeit gewesen. Seither lief nur noch alles schief. Nachdem Pascal im Übungsraum verschwunden war, probierte Alex noch ein paar Mal Silvan anzurufen, doch sie kam nie durch. Dann wählte sie die Nummer ihres eigenen Handys, doch Marlene nahm nicht ab. Wo sie bloß blieb!

Kaum gedacht, kam Marlene nach Hause, beladen mit etlichen Einkaufstaschen.

»Du bist da?«

»Offensichtlich. Hast du mein Handy?«

»Sicher. Warte, irgendwo in der Handtasche muss es sein.«

Alex konnte es nicht finden.

»Na, dann hab ichs wohl in einer der anderen Taschen. Warte, ich räum sie gleich aus. Hast du herausgefunden, was Silvan wollte?«

»Na wie denn?«

Alex half ihrer Mutter beim Auspacken, doch ihr Handy kam in keiner Tasche zum Vorschein.

»Jetzt sag bloß, du hast es verloren.«

»Nein, das kann nicht sein. Es tut mir wirklich Leid. Ich kanns nicht glauben, dass es nirgends ist. Bei Clara hatte ich es doch noch.«

24

Es dauerte eine ganze Stunde, bis Clara mit Alex' Handy vor der Tür stand.

»Hier, Liebes, ich glaube, das gehört dir.«

»Danke, Oma, endlich.«

»Leider konnte ich nicht schneller da sein. Das ist ja auch eine endlose Reise mit diesen öffentlichen Verkehrsmitteln. Ich kann immer noch nicht verstehen, dass ich drei Monate nicht Auto fahren darf, bloß weil die Polizei mit überhöhter Geschwindigkeit vor mein Auto gefahren ist!«

Alex lachte, ging dann aber gleich in ihr Zimmer. Die Mitteilung war tatsächlich nicht mehr auf dem Handy. Sie schrieb Silvan ein SMS und wartete.

Nach einer halben Stunde kam endlich eine Antwort.

Liebe A., was ist los? Telefon besetzt oder niemand geht ran. S.

Lauter Pannen. Wo bist du?

Kann dich nicht anrufen, warte vor dem Büro.

Warum nicht und was für ein Büro?

J&R. Rechne nächstes Wochenende mal nicht mit mir und drück Daumen.

Alex betrachtete das Handy fassungslos. Wie konnte er bloß! Das letzte Wochenende vor seinem Abflug, ausgerechnet das, an dem sie zelten gehen wollten. Und nicht nur zelten! Alex konnte es nicht glauben. Sie war den Tränen nahe und nicht in der Lage, noch etwas zu schreiben.

Nach einer Weile kam das nächste SMS.

Hey, so viele Daumen musst du nun auch wieder nicht drücken. Oh, muss los. Melde mich & liebe dich, S.

»Liebe!«

Alex hatte sich so sehr gefreut auf das Wochenende. Das letzte vor seiner Abreise. Und jetzt das. Vermieste das wichtigste Wochenende ihres Lebens. Jetzt war Alex nur noch sauer.

Sie schaltete ihr Handy ganz aus, hatte keine Lust mehr auf Neuigkeiten, wenn es doch nur schlechte waren.

Als Marlene sie zum Abendessen holen wollte, täuschte sie Bauchschmerzen vor, und wenn sie sichs recht überlegte, hatte sie auch allen Grund, welche zu haben.

Es klingelte an der Tür, doch sie blieb im Bett liegen. Marlene war inzwischen weg. Das ganze Haus war dunkel, also würde es danach aussehen, dass keiner da war.

Sie hörte die Treppe knirschen. Komisch, dachte Alex, konnte doch unmöglich schon Marlene sein. Außerdem klopfte sie nie so sanft an die Tür.

»Alex?«

Silvan!

»Ich schlafe.«

»Hey, was ist los? Kann ich reinkommen?«

»Reicht es nicht, dass du unten schon reingekommen bist? Brichst du neuerdings ein?«

»Mach doch die Tür auf, bitte. Sascha hat mich reingelassen.«

Natürlich. An Sascha hatte sie überhaupt nicht gedacht.

»Was willst du denn?«

»Deinen Gesichtsausdruck sehen.«

Alex rieb ihre Wangen. So toll war der wohl nicht. Sie war zwar noch sauer, aber andererseits wollte sie nun wissen, was los war. Immerhin einen guten Grund hören, weshalb es mit dem Zelten nicht klappte. Obwohl sie sich beim besten Willen keinen vorstellen konnte, ausgerechnet eine Woche vor diesem blödsinnigen Amerika!

Sie öffnete zaghaft die Tür.

Silvan umarmte sie, als sei nichts geschehen. Er strahlte übers ganze Gesicht.

»Hab ich dich etwa geweckt?«

Alex schüttelte den Kopf.

»Ist was?«

Alex schaute ihn verständnislos an. »Sollte denn nichts sein?«

»Na ja, nichts, was dich bedrückt, jedenfalls.«

»So.«

»Ja. Sag doch schon. Wo ist deine Mutter?«

»Mit einer Freundin unterwegs. Aber deshalb bist du wohl nicht hier, um das zu erfahren.«

»Das nicht, aber es trifft sich gut. Ich bin hier, um mit dir allein zu sein.«

Er langte in seine Jackentasche und zog eine kleine Sektflasche und zwei Gläser heraus.

»Ist ja ein toller Ersatz fürs Zelten, echt«, sagte Alex vorwurfsvoll. Sie war unschlüssig, ob sie in Tränen ausbrechen oder Silvan mit der Nachttischlampe erschlagen sollte. Vielleicht am besten beides.

»Ja, das mit dem Zelten tut mir auch Leid. Können wir aber nachholen.«

Alex verdrehte die Augen. »Feiern wir das Nachholen oder was? Oder das Zelten im Winter? Ist bestimmt besonders romantisch. Oder dass du in irgendwelchen Büros sitzt und mir schlechte Nachrichten schickst?«

»Wie bitte?« Silvan schaute sie ungläubig an. Dann lachte er.

»Jetzt sag bloß!« Er zog sie an sich und küsste sie.

Alex wollte Silvan von sich wegschieben, doch es fühlte sich zu gut an, seine Küsse, seine Hände.

»Magst du Sekt?«

Alex fühlte sich hin- und hergerissen zwischen Wut und Trauer, konnte kaum in sein strahlendes

Gesicht sehen, doch warum nicht ein Glas Sekt und einen aufregenden sturmfreien Abend, wenn schon sonst alles bachab ging?

Sie nickte.

Silvan strahlte noch mehr.

»Du kannst mir gratulieren!«

»Bitte?«

»Dieses Büro, das war J&R.«

»Und?«

»Verstehst du nicht?«

Alex schüttelte den Kopf.

»Jazz & Rock.«

Sie neigte den Kopf ein wenig zur Seite. »Und?«

»Alex, sie haben mich angenommen. Vor- und Hauptkurs. Nächstes Wochenende ist das Einführungsseminar in London. Abgesehen von einzelnen Seminaren findet alles hier statt.«

Alex war sprachlos. »Und Berkeley?«

»Ohne dich weiß ich nicht wohin,
weiß ich nicht, wofür und bis wann«,

summte Silvan leise die Melodie von Aline. »Die haben jetzt halt Pech gehabt. Ich sage dir, ich konnte es nicht fassen. Dabei sah es gar nicht danach aus, dass sie mich nehmen würden. Weißt du noch, jener Samstag, als ich von Termin zu Termin gerannt bin? Das war J&R. Ich konnte es nicht fassen, als Faber anrief, der musikalische Leiter. Wirklich im allerletzten Moment.«

»Das heißt, du fährst nicht nach Amerika?«

»Das sagte ich doch die ganze Zeit. Du gefällst mir nun mal besser als Amerika.«

Alex schlang ihre Arme um ihn. »Gratuliere!«

»Endlich!«

Alex konnte es immer noch nicht fassen. »Du bleibst also definitiv hier?«

»Niemand bleibt nirgends endgültig, aber abgesehen von all den Tourneen, die ich später mal machen werde, siehts im Moment ganz danach aus.«

Silvan goss Sekt in die Gläser und schaute Alex tief in die Augen beim Anstoßen. Nach einem kleinen Schluck stellten sie die Gläser auf den Nachttisch und küssten sich. Alex strich Silvan unter dem Pullover den Rücken, streifte ihm dabei wie automatisch das Kleidungsstück ab.

Als Silvan sich mit ihrem Pullover zu schaffen machte, hörten sie die Haustür.

Ausgerechnet jetzt!

Silvan stand schnell auf, nahm die Sektgläser und die kleine Flasche und stellte sich hinter die Tür.

»Lass nur«, flüsterte Alex. »Sie kommt nicht hier rein. Bleib, bitte. Aber wir müssen sehr leise sein.«

Und sehr leise streifte Silvan seine Jeans ab, bevor er zu ihr ins Bett kletterte. Er küsste Alex auf den Hals, und als sie seinen Kopf weiter nach unten schob, umkoste er mit seinen Lippen sanft ihre Brüste. Alex stöhnte auf, ganz leise nur, die Stille war gerade laut genug, und wünschte sich, die Nacht möge nie zu Ende gehen.